가시덤불에서도 꽃은 핀다

# 가시덤불에서도 꽃은 핀다

— 남경필의 고백 —

스노우폭스북스

지난 20년을 정치인이라는 직업으로 살아왔습니다. 국회의원 5선을 하는 동안 정치 문제로 수없이 많은 인터뷰를 했습니다. 경기도지사가 되고 난 후에는 거기에 더해 거의 매일 경기도에 관한 이야기를 했습니다. 이처럼 정치인으로 살면서 언론과 국민이 원하는 주제에 대해 정치인의 언어로 이야기하는 일에 익숙해져 왔습니다.

저는 매일 새벽을 기도와 명상으로 시작합니다. 제 자신의 아주 깊은 곳까지 들여다볼 수 있는 의미 있는 시간입니다. 작년 어느 날부터는 기도와 명상에 작은 기록을 더했습니다. 그 생각과 기록을 모아 독자 여러분 앞에 이 책을 선보이게 되었습니다.

담담하게 그리고 편안하게 인간 남경필의 언어로 이야기를 들려드리고 싶었습니다. 정치인 남경필의 이야기는 다양한 매체를 통해 이미 많은 분들이 접하셨을 것이라 생각했기 때문입니다.

책의 앞부분에서는 어린 시절부터 요즘의 일상까지 인간 남경필을 스스로 돌아보았습니다. 그리고 뒷부분에서는 3년 전 도지사 출마를 결심하게 된 계기부터 경기도에서 하고 있는 일, 탈당을 비롯한 최근의 정치적 격변과 제가 실현하고 싶은 정책들에 대해 다루었습니다.

　글을 엮으며 다시 보니 욕심이 과했나 하는 걱정이 앞섭니다. 거대한 국가 담론을 기대하신 분의 눈에는 가볍게 비쳐지진 않을까, 편안한 에세이를 기대하고 이 책을 집어 드신 분께는 갈수록 너무 무거운 주제로 느껴지진 않을까 하고 말입니다. '남경필도 나와 비슷한 고민을 하며 나와 같은 세상을 살고 있구나' 하며 몇 구절이라도 공감해주시는 분이 계셨으면 하는 바람입니다.

　이제 다시 제게 주어진 길을 뚜벅뚜벅 걷겠습니다. 제게 가장 중요한 문제는 이기고 지는 것이 아닙니다. 우리 국민 모두가 개인의 행복에 더 가까이 갈 수 있도록, 대한민국이 Boy에서 Man으로 탈

바꿈하여 한층 성숙한 선진국이 될 수 있도록, 늘 최선을 다하겠습니다.

저의 이야기에 귀 기울여주신 독자 여러분께 감사의 말씀을 올립니다.

글 가운데 두 여인이 자주 등장합니다. 어머니, 그리고 두 아이의 엄마.
마지막으로 이 두 여인과 돌아가신 아버지, 그리고 사랑하는 두 아들에게 이 지면을 빌려 고마운 마음을 전하고 싶습니다.

2017년 2월
남경필

차 례

## 3. 소년처럼 살 것인가, 어른이 될 것인가?

PART 2 정치인 남경필의 용기

## 6. 광야로 나와 새 지평을 열다

인간 남경필의 진심

1

가족이란 이름의
인생수업

# '그동안 감사했습니다'
# 큰절하고 헤어진 부부

가을이 깊어가던 2016년 11월 4일, 나는 천여 명의 사람들 사이에 끼어 앉아 법륜 스님의 강연을 듣고 있었다. 강연장 한쪽 구석에서 늘 마음을 울리는 말씀을 경청하고 있는데 법륜 스님이 알아보시고는 "어쩐 일로 오셨어요?"라고 물으셨다. "강연 들으러 왔습니다"라고 대답하자 스님이 나를 강단으로 불러올리셨다. 강단에 올라간 나는 잠깐 고민을 하다가 스님이 묻지도 않으신 가정사를 털어놓으면서 감사 인사를 드렸다.

"감사합니다. 스님의 『인생수업』을 읽고 가족과의 갈등이 많이 해결되었습니다. 제가 실은 25년 동안 같이 살던 애들 엄마와 헤어졌어요. 스님의 책에 나온 대로 서로 고마워하면서 절을 하고 헤어졌습니다."

법륜 스님은 내가 이혼한 사실을 모르셨던 듯 "아, 그러셨어요?" 하고 잠시 머뭇거리셨다. 가정을 이루고 아이들까지 낳으면서 오랜 세월을 함께 살던 부부가 헤어졌다는 것은 이렇듯 누구에게나 '당황스런 일' 혹은 '불행한 일'로 받아들여진다. 그런 까닭에 당사자에게 대놓고 소식을 묻기도 껄끄럽게 생각하는 사람이 많아 먼저 터놓고 이야기를 시작한 것이다.

느닷없는 나의 이혼 이야기에 법륜 스님의 '즉문즉설(卽問卽說)'을 듣던 사람들이 박수를 쳤다. 강연을 듣던 사람들 대부분이 여성이었기에 부부 문제에 관해서 더 많이 공감했던 것 같다.

법륜 스님의 『인생수업』이라는 책에 이런 구절이 있다.

상대를 미워하는 대신 그냥 놓아주면 상대와도 원수질 일 없고 내 인생도 편안해집니다. 부부가 20년, 30년 살다가 이혼하게 되더라도 욕하며 헤어질 게 아니라 서로 절하며 헤어질 수도 있습니다. "그래도 당신 만나 행복했습니다. 어쨌든 당신 덕에 애도 낳고 키울 수 있었어요. 아이 키울 때는 애 때문에 살았지만, 이제 애도 다 컸으니 우리 서로 자유롭게 살아봅시다. 그동안 고마웠어요."

자식 결혼 때나 집안 행사 있을 때 옛날 친구처럼 반갑게 만나서 어떻게 지내냐고 물어보고, 새 여자 친구나 남자 친구에 대해서 이야기도 나눈다면 우리 인생이 얼마나 아름다워지겠어요. 그럴 때 결혼했다고 행복한 게 아니듯이 이혼했다고 불행한 것이 아닌 게 됩니다. 그러니까 이혼하느냐 안 하느냐가 중요한 게 아니라 어떤 마음으로 헤어지고 사느냐가 중요한 겁니다.

　나는 아내와 헤어질 만큼 사이가 나쁘지는 않았다. 다만 백년해로를 하지 못했으니 끝까지 함께할 인연이 아니었을 것이다. 아내와 이혼하기로 하고 아는 변호사 형을 통해 이혼 절차를 밟는 과정에서, 아내와 나는 법륜 스님의 책에 나온 대로 "그동안 행복했다. 아이들 낳아 잘 길러줘서 고맙게 생각한다"라며 서로 절을 하고 행복을 빌어주었다. 그래서 그 부분에 대한 감사를 드린 것이다.

　전생의 원수가 부부가 되어 만난다고 한다. 서로 다른 환경에서 자라온 남녀가 만나 가정을 이루고 살면서 먹고사는 일, 아이들 키우는 일, 남녀 관계의 일로 다툴 일이 없다면 비정상이다. 행복하게 잘 사는 부부들도 많지만 아이들도 있고 정도 있으니 서로 양보하고 참고 인내하면서 어쩔 수 없이 사는 경우도 많다.

　헤어지고 싶다는 생각을 한 번도 안 한 사람은 없을 것이다. 그러나 헤어지는 것은 절차가 복잡하고 가족 구성원 모두에게 상처를 남긴다. 아이들은 부모 중 한쪽과 헤어져서 살아야 하고, 헤어지고 새로운 사람을 만난다 해도 '사람에 대한 위험 부담'은 늘 존재한다. 게다가 변화에 대한 두려움은 많은 사람을 제자리에 묶어두기 마련이다.

　그래서인지 최근에는 '졸혼'이라는 신조어도 등장했다. '졸혼'이란, '결혼을 졸업한다'는 뜻으로 결혼계약은 유지한 채 싱글 라이프를 즐기는 걸 뜻한다. 졸혼을 한 사람들은 각자의 사생활과 취미를 존중하면서, 같은 집 혹은 다른 공간에서 혼인 상태를 유지하면서 자유롭게 산다고 한다.

부부가 같이 살기 어려워졌을 때, 이혼이 바람직한지 졸혼이 바람직한지는 잘 모르겠다. 개인적으로 '이혼'이라는 기드를 받아들이고 싶지 않았지만 내 주사위는 이미 던져졌다. 이제는 독신 남성으로 다시 홀가분한 삶을 살게 되었으니 앞으로 나도 가족들도 모두 최선을 다해 행복해지기를 바랄 뿐이다.


벌써 이혼한 지 2년이 훌쩍 지났다. 이혼 초반에는 그 사람도 나도 조금 흔들렸다. 이혼한 후에 곧바로 큰아이 군대 폭력 문제가 불거졌고, 아이 일 때문에 서로 연락하고 계속 상의를 해야 했다. 아이 문제가 정리되면서 연락도 자연스럽게 뜸해졌다. 그러면서 심리적으로도 완전히 갈라서게 된 것 같다.

부부의 연은 끊지만 친구로 지내기로 하고 이혼을 결정한 날, 나는 아내를 잃은 대신 아이들 문제를 의논하고 서로 늙어가는 모습을 바라봐줄 수 있는 친구를 얻었다. 부부로 인연을 맺어서 '검은머리가 파뿌리가 되도록' 함께하지는 못했지만, 나는 결혼 생활을 하면서 행복했을 때가 많았고 좋은 추억도 많다.

이제는 우리 넷 모두 각자의 생활에 어느 정도 적응한 것 같다.

아이들과 함께 넷이서 카카오톡 채팅방을 만들어 수다도 떨고, 전처와 둘이 가끔 만나 밥도 먹고 하면서 친구처럼 지낸다. 우리 가족의 생일은 대부분 12월과 1월에 몰려 있다. 생일에는 서로 축하 메시지를 보내고, 전처의 생일에는 가족들이 모여서 식사를 하기도 했다.

특히 그 사람이 많이 안정을 찾았다. 정치인의 아내로서 겪었던 고통에서 벗어나니 자신의 몸을 꽁꽁 싸매고 있던 굴레가 벗겨지는 느낌이 들었다고 한다. 무엇보다 좋은 것은 그녀가 함께 살 때보다 행복해 보인다는 것이다. 심리적으로 평온해진 것이 느껴지고, 외모도 살이 다시 쪄서 보기 좋은 모습이다.

나도 외롭기는 하지만 혼자 사는 재미와 행복을 다소 찾았다. 밥도 해 먹고 친구들 오면 편하다. 덕분에 우리 집이 친구들 모여서 고기 구워 먹고 라면 먹고 술 먹다가 잠도 드는 아지트가 되었다. 친구들이 와이프가 버티고 있는 자신들의 집에서는 하지 못하는 것을 우리 집에 와서 한다. 내가 이혼했다는 것을 알고 정말 부럽다는 문자를 보내온 친구들도 많았다. 용기가 가상하다는 친구도 있었다. 물론 그 친구들의 말이 백 퍼센트 진심이 아니라 위로가 섞여 있음을 알지만, 나는 액면 그대로 믿기로 했다.

가끔 사람들이 재혼에 관해 묻는다. 재혼을 하지 않겠다고 벽을 쳐두고 있지는 않다. 정치인으로서는 독신으로 산다는 것이 아무런 도움도 되지 않는다. 미래는 아무도 모르지만 만에 하나라도 마음이 따뜻하고 내가 하는 일을 이해해주는 좋은 사람이 있으면 재혼할 수도 있을 것이다. 국회의원이든 도지사든 동반자가 있으면 훨씬 더 좋다고 생각한다. 정치라는 것이 압박을 많이 받는 일이기 때문에 동반자가 있으면 정신적, 육체적으로 많은 도움이 된다.

따뜻한 마음의 소유자로 정치가의 아내가 될 마음의 준비가 되어 있으며 한곳에 안수하지 않는 인간 남경필을 좋아하는 독신 여성이라면, 언제든지 내 전화번호를 물어도 좋다.

# 여보,
# 이젠 내 이름으로 살고 싶어

    그녀를 처음 만난 것은 대학교 2학년 때였다. 미팅에서 만난 그녀와 나는 서로 첫눈에 호감을 느꼈다. 나는 연세대학교에, 아내는 이화여자대학교에 다니고 있었기 때문에 자주 만날 수 있었다. 사람을 워낙 좋아하고 여행 다니기를 즐기는 내 성격 탓에 중간에 반년 정도 헤어졌다가 다시 만났다. 그리고 장인어른이 연세가 많고 건강이 안 좋으셔서 막내딸이 빨리 결혼했으면 하는 분위기여서, 아내가 스물다섯 되던 해에 결혼을 했다. 당시 나는 군인 신분이었다. 장인어른은 막내딸이 결혼하는 것을 보시고 6개월 후에 돌아가셨다.

    1989년에 결혼해서 2014년에 헤어졌으니 25년의 세월을 부부로 함께했다. 보통의 부부들과 달리 남들의 주목을 받는 부부가 갈라서는 일이 하루아침에 결정된 것은 아니다. 몇 년 동안 고민해왔던 일이다. 전처는 자유로운 삶을 사랑했던 사람이다. 그래서 남들의 시선에 갇혀야 하고 많은 사람들의 주목을 받아야 하는 정치인의 아내로 사는 것을 굉장히 힘들어했다. 전처는 내가 정치를 처음 시작할 때부터 정치인의 아내로 사는 것을 힘겨워했다.

아내가 처음으로 이혼이라는 단어를 입 밖에 낸 것은 2006년이다. 그해 나는 제4회 전국동시지방선거에 나가 경기도지사에 도전하려고 했다. 당시 패기만만한 사십 대 초반의 국회의원이었고, 선거 분위기는 새누리당의 전신인 한나라당 후보가 되면 당선이 거의 확실시될 정도로 우호적이었다. 실제로 선거 결과 16명의 광역단체장 중 서울시장, 경기도지사, 인천광역시장 등 무려 12명이 한나라당 당선인이었다.

그런데 그때 집사람이 심각하게 국회의원 와이프까지는 했지만, 도지사 부인 노릇은 도저히 못 하겠다고 했다. 미국에서 유학하던 시절 집으로 찾아온 손님들에게 한국 음식을 대접하고 함께 토론하며 반바지에 슬리퍼 차림으로 자유롭게 사는 생활을 좋아했던 그녀였다. 나 역시 그렇게 일찍부터 정치에 뜻을 두고 있던 것은 아니었다. 미국에서 유학하고 있을 때 갑자기 아버님이 돌아가셨고, 처음에는 아버님 장례를 치르고 미국에 돌아가서 학업을 계속할 생각이었다. 그런데 아버님의 유지를 받들고자 국회의원의 길을 선택하는 바람에 가족 모두가 한국으로 들어오게 되었다.

유학 생활을 접고 들어와서 나는 국회의원이 되었고, 우리 가족은 나를 국회의원으로 뽑아준 지역구에 터를 잡았다. 아이들 역시 지역구에 있는 학교에 들어갔다. 그것은 평범하게 살기를 원했던 가족들에게는 힘든 일이었다. 늘 주목의 대상이 되어야 했기 때문이다. 사실 대부분의 국회의원들은 자신을 국회의원으로 뽑아준 지역구에서 살지 않는다. 특히 초등학교와 중학교에 다니는 어린 자녀가 있는 현역 국회의원이 지역구에 거주하는 경우는 많지 않다.

  가족들이 정치인인 나 때문에 가장 힘들어했던 때는 2004년 한나라당이 주축이 되어 노무현 전 대통령을 탄핵소추했을 때다. 탄핵 역풍이 불면서 아버지가 한나라당 정치인이라는 이유로 아이들이 상처를 많이 받았다. 집사람도 정치인의 아내라는 위치를 힘들어했다. 남편이 지역구 국회의원이라는 이유로 그녀의 사소한 행동까지 주목받았고, 아내에게는 다른 사람들의 시선을 견뎌내야 하는 것이 무척이나 힘든 일이었다. 보통의 부부들처럼 평범하고 자유롭게 살기를 원했던 전처는 국회의원의 아내라는 역할을 초반부터 어려워했다.

  선거 때마다 낙선할지도 모른다는 사실이 아내에게는 작은 희망 사항이었을 것이다. 그런데 재선되고 다시 3선 국회의원이 되면서 '운명인가 보다' 하고 포기 반 단념 반으로 적응해가던 때였다. 국회의원 아내도 힘겨워하면서 겨우 적응해가고 있는데 내가 도지사에 당선될지도 모를 분위기가 되니 아내가 "도지사의 아내 역할은 도저히 하고 싶지 않다. 당신이 도지사가 된다면 나는 혼자 사는 편을 택하겠다"라고 했다. 아내의 말이 진심임을 잘 알고 있었기 때문에 나는 도지사에 도전하는 것을 포기했다. 도지사가 될 기회 대신 가정의 평화를 선택했던 것이다.

우리 부부가 큰 어려움에 빠지기 시작한 것은 2008년 무렵부터다. 2007년 이명박 전 대통령이 당선되었다. 그런데 내가 이명박 대통령의 형인 이상득 의원에게 사퇴하라고 주장하면서 정권에 밉보였던 것 같다. 당시 정권으로부터 몇몇 정치인들과 민간인들이 사찰을 받았는데, 아내에게까지 그 여파가 미쳤다.

노무현 대통령 시절의 좋은 점 중 하나가 정치자금이 투명해졌다는 것이다. 과거에는 큰 정치를 하던 사람이 자금을 받아갔는데, 권력을 이용해서 돈을 받기가 어려운 구조가 되었다. 그래서 젊은 정치인들의 부인이 대부분 일을 했다. 가정생활 경제는 부인이 책임을 지고, 정치인 본인은 아내의 도움을 조금 받던지 후원금을 가지고 정치 활동을 했던 것이다.

전처 역시 일을 했고, 유치원사업을 거쳐 당시에는 보석사업을 하고 있었다. 그런데 국회의원의 아내가 사업을 하고 있으니까 혹시라도 뭔가 '구린 구석'이 있지 않을까 싶어서인지 집사람이 하던 사업에 전부 사찰이 들어왔다. 아내는 당시 동업자와 소송 중이었는데, 신문이며 방송에 왜곡되고 과장된 일들이 마치 진실인 양 연일 대서특필되었다. 그 과정에서 전처가 굉장한 고통을 받았다. 증권사 등에서 만든 각종 찌라시며 언론들의 왜곡 보도와 옐로페이퍼(yellow paper, 저속하고 선정적인 기사를 주로 다루는 신문) 때문에 신경쇠약에 걸렸고, 스트레스를 넘어 우울증까지 생겨서 몸무게가 30킬로그램대까지 빠졌다.

옆에서 그걸 지켜보는 일도 쉬운 것은 아니었는데, 내가 줄 수 있는 것은 실제적으로는 아무런 도움도 되지 못하는 '미안한 마음'뿐이었다. 아내의 입에서 '이혼'이라는 단어가 다시 나오기 시작했다. 도지사 선거 때 이혼하자고 했던 것은 '도지사를 하지 않았으면' 하는 의사 표현이었는데, 사찰을 받으면서 물심양면으로 고생하고 난 후에는 정치인의 아내도 하지 못하겠다고 했다. 이혼 쪽으로 마음이 돌아선 것이다.

그런 우여곡절을 겪으면서 갈등이 생겼고, 가정의 위기를 극복해보려고 도지사 출마 전년도쯤에는 늦둥이를 가지려고도 했었다. 상당히 노력을 했음에도 셋째를 가지는 일은 뜻대로 되지 않았다. 간혹 불거지는 이혼 이야기를 간신히 봉합하면서 2014년이 되었다. 그래서 처음에는 경기도지사 출마를 하지 않으려고 했다. 국회에서 계속 활동하면서 정치와 대한민국의 구조를 바꿔보고 싶기도 하거니와 집사람이 싫어할 것 같아서였다. 그런데 상황이 출마하는 쪽으로 돌아갔다. 둘이 마주 앉아서 이야기를 했지만 아내의 마음을 돌릴 수도, 연달아 도지사 출마를 포기할 수도 없었다. 내가 도지사 출마를 결정하자 그녀가 진지한 표정으로 말했다.

"내가 태어나서 25년 동안은 우리 엄마 아빠 딸로 살았고, 스물다섯에 결혼해서 25년 동안은 정치인 남경필의 아내로 살았다. 다행히 아이들도 다 키워서 둘 모두 입대시켰으니 이제 앞으로 25년은 내 이름으로 살고 싶다."

그동안 이혼이라는 말이 나오면 늘 안 된다고 거절해왔던 나를 흔든 것은 아내의 이 말이었다. 아내는 처가에서 막내딸이었고, 부모님은 막내딸에게 상당히 엄격하셨다. 국회의원 선거에 처음 당선된 1998년 이후 줄곧 지역구에서 국회의원의 아내로 사생활 없이 살아왔다. '앞으로 25년은 내 이름으로 살고 싶다'는 이야기를 들으니 그 사람의 심정이 이해가 갔다. 놓아주는 것이 정말 이 사람을 위하는 일일 수도 있겠다 싶었다.

"당신 이야기 들으니까 그 심정이 나도 조금 이해되네. 그럼 우리 각자 기도하고 결과는 하늘에 맡기자. 선거에 떨어지면 계속 함께 살고 당선되면 이혼하자."

이것이 바로 우리 부부가 오랜 시간 대화하면서 고민한 끝에 내린 결론이었다. '2006년도에는 이혼하느니 도지사를 포기하자'는 것이었다면 이번에는 '결과를 하늘에 맡기자, 도지사로 당선되면 이혼하고 안 되면 같이 살자'는 것이었다. 이혼 이야기가 나올 때마다 '안 된다, 수용할 수 없다'고 거절하던 내가 마침내 '그러면 하늘의 뜻에 맡기자'라고 생각하고 항복한 것이다.

결과는 당선이었다. 당선이 확실시되자 '이제는 꼼짝없이 이혼이구나……' 하는 생각이 동시에 들었다. 몇 달 동안 목표로 삼고 달려왔던 힘든 여정이 성공으로 끝맺음을 했음에도 속내는 씁쓸하기만 했다. 그리고 예정된 수순대로 우리는 이혼 절차를 밟았다. 아내는 담담해 보였다. 스물다섯에 결혼해서 25주년에 이혼하는 것이었다. 도지사에 당선되었는데 이혼이라니, 두 사람이 아니고는 그 누구도 이해할 수 없을 일이었다.

언론이 이혼 소식을 대서특필했을 때도 그에 관한 해명을 따로 하지 않았기 때문에 이혼 원인에 관해서는 소문이 무성했다. 이혼 기사가 나간 날, 나는 대외적인 일정을 모두 접고 혼자 시간을 보냈다. 이미 예상한 일이었고, 당사자인 나는 오히려 담담한 기분이었다. 살아가면서 사람들을 고통스럽게 하고 두렵게 만드는 것은 '불확실성'이다. 언제 터질지 모르는 폭탄을 끌어안고 있을 때가 두려운 것이지, 막상 폭탄이 터지면 사건을 해결하면 된다. 나는 마음의 준비가 되어 있었기 때문에 쏟아지는 뉴스와 기자들의 연락, 인터뷰 요청, 사람들의 관심과 쑥덕거림, 의혹의 눈초리를 감당할 수 있었다. 다만 가족들이 걱정이었다.

이미 협의한 대로 변호사를 선임해서 담담하게 프로세스를 진행시켰다. 둘이 서로 법정에 가서 얼굴 붉힐 일이나 의견 대립할 일도 없었다. 우리는 협의이혼 절차를 밟았고, 재산분할이라든가 자녀 양육권 같은 것도 이견 없이 원래 계획했던 대로 같은 변호사 사무실에서 정리했다.

　이혼 과정에서 가장 힘들었던 것은 양가 어른들께 말씀드리고 이해를 구하는 일이었다. 별다른 문제없이 잘 사는 것처럼 보였던 자식들이, 그것도 오랜 선거전을 치르고 도지사가 되었는데 이혼하는 게 말이 되는가. 어머니와 장모님은 아주 힘들고 어렵게 우리의 이혼을 받아들이셨다. 아이들은 오히려 담담하게 받아들였다. 남들은 이해 못 하겠지만 그렇게 우리는 친구처럼 헤어졌다.

## 니네 아버지는
## 나쁜 사람이야!

　　나에게는 연년생 두 아들이 있다. 공교롭게도 첫째는 1991년 1월에, 둘째는 1992년 1월에 태어났다. 첫아이를 낳고 1년이 채 안 되어서 둘째가 생겼을 때 무척이나 난감했다. 무엇보다 같은 해에 두 아이가 태어날지도 모르는데 아내의 몸이 버텨줄 수 있을지 의문이었다. 1991년의 어느 날, 아내가 딸을 정말 갖고 싶다고 해서 딸이면 모든 위험을 감수하고라도 낳고 싶다는 생각으로 병원에 가서 초음파를 보았다.

　　그런데 아무리 초음파를 열심히 들여다봐도 아들인지 딸인지 분간할 수가 없었다. 의사는 집에 가서 3시간 있다가 다시 오라고 했다. 그 사이에 아이가 위치나 자세를 바꾸면 보일 수도 있다는 것이었다. 아내와 나는 집에 와서 반성을 했다. 잇따른 출산이 가능

'존재 자체가 고맙다'는 게 대체 어떤 느낌인지 두 아들을 얻고서야 알았다.

할지 여전히 걱정되었지만 아들이든 딸이든 하나님이 주신 생명이니 낳아서 잘 키우자 결론을 내렸다. 그러고는 병원에 갔더니 초음파를 보던 의사선생님이 "드디어 보이네요. 아들입니다"라고 했다.

큰아이를 낳았을 때가 수습기자 생활을 하면서 너무나 바쁜 때여서 아이를 자주 들여다볼 수는 없었지만, 태어난 아이를 처음 보던 날의 감격은 잊을 수가 없다. 너무 피곤하고 힘든데 아이가 울거나 보채면 화가 나기도 했지만, 아이가 아프면 내가 아픈 것 같고 아이 대신 내가 아팠으면 싶고 그랬다.

아이들이 초등학생일 때 학교에서 1박 2일로 아빠캠프를 연 적이 있다. 학교에서 1박 2일 동안 있으면서 여러 프로그램에 참여했는데, 그중에 아빠가 죽었다고 생각하고 죽은 아버지에게 편지를 쓰는 것이 있었다. 아이들은 편지를 쓰면서 눈물을 뚝뚝 떨어뜨렸다. 나도 가슴이 뭉클해졌고, 아이들의 존재 자체가 그저 감사할 뿐이었다. 아내는 좋은 엄마여서 바쁜 내 자리가 자주 비어 있어도 아이들은 쑥쑥 잘 자랐다.

두 아들은 어려서부터 국회의원 아버지를 둔 덕분에 알게 모르게 상처도 받고 조심하면서 살아야 했다. 내가 국회의원으로 있는 지역구에서 살아서 더 그랬다. 수원은 원래 한나라당이나 새누리당보다는 열린우리당이나 더불어민주당 당선자가 더 많은 곳이다. 그런 지역에서 새누리당 의원으로 5선을 하는 동안, 아내와 아이들은 이런저런 이야기에 노출될 수밖에 없었다. 노무현 대통령 탄핵정국에서는 내가 당시 한나라당 국회의원이었기 때문에 아이들까지 욕을 많이 먹었다. 하루는 아이들이 학교에서 싸우고 울면서 왔다. 학교 형들이 "니네 아버지는 나쁜 사람이야!"라고 했다는 것이다.

연년생 두 아들은 철이 들자 둘이 똘똘 뭉쳐서 친구가 되었다. 정치인 아버지의 영향을 덜 받으면서 학교에 다니게 하고 싶어서, 중학교 때부터는 큰애를 중국으로 보냈다. 큰애가 자리를 잡자 동생도 뒤이어 내보냈다. 둘 다 중국에서 대학교까지 다니다가 동생이 먼저 국내로 들어와서 공군에 입대했다. 조금 늦게 들어온 큰애는 역시 현역으로 육군에 입대했다.

2014년 내가 도지사 선거에 출마했을 때 두 아들은 모두 현역군인으로 최전방에 있었다. 두 아이가 군대에 있는 동안 나는 가족들의 도움 없이 선거전을 치렀다.

큰애는 6사단 포병부대 최전방에서 복무했다. 그런데 어느 날 경기도지사의 아들이 후임병을 수개월 동안 지속적으로 폭행하고 성추행까지 했다고 언론 보도가 쏟아졌다. 기사를 보고 나도 깜짝 놀랐다. 하루 이틀 사흘 시간이 지날수록 사건은 점점 심각해졌다. 그 과정에서 아들의 구속영장이 두 번 청구되었다. 처음 구속영장이 청구되었을 때는 구속할 만한 사안은 아니라고 법원에서 판단해 기각되었는데, 사회적인 비난 여론이 커지자 구속영장이 또 한 번 청구되었다. 결국 구속은 되지 않았지만 육군 제5군단 보통군

사법원은 아이에게 징역 8개월에 집행유예 2년을 선고했다.

언론에서는 아버지가 정치인이기 때문에 특혜를 입은 것처럼 보도되었다. 하지만 나는 오히려 정치인 아들이라 특혜를 받는다는 소리가 나올까 봐 대형 로펌 같은 곳은 문턱도 밟지 않고, 그 지역 작은 법률사무소 변호사에게 사실 관계를 명확히 하면서 방어만 해달라고 했다. 아이가 집행유예를 선고받은 것은 아이가 처음부터 본인이 잘못한 부분을 인정하고 잘못했다고 일관되게 진술한 점, 부대원들이 잘못한 것은 맞지만 심각한 것이 아니므로 처벌을 원치 않는다는 탄원서를 자발적으로 제출했다는 점을 인정받았기 때문이다. 비록 잘못을 저질렀지만 부대원들에게 신뢰를 잃지 않았던 것이다. 아들은 지금도 피해자를 비롯한 부대원들과 친구처럼 잘 지내고 있다.

이 과정에서 내가 도와준 것은 없었고, 내 글과 행동이 오히려 구설에 오르내렸다. 아들이 입대했을 때 군기가 센 부대여서 고참에게 맞았다는 이야기를 들었다. 그래서 괴롭힘을 당한 시어머니가 며느리를 괴롭히는 악순환이 떠올라서 "군대 처음 들어갔을 때는 매 맞는 것을 걱정했고 고참이 되면 때리지 않을까 걱정했다"는 글을 쓴 적이 있는데, 미리 알았던 것 아니냐는 비난까지 받은 것이다.

큰애가 남을 때리고 괴롭혔다는 것 자체는 변명의 여지가 없다. 다만 내가 아버지인지라 아버지로서 아들에게 미안한 생각이 들었다. 정치인 남경필의 아들이라서 더 주목을 받았고, 너무 많은 비난을 받았기 때문이다. 남들은 남경필 아들이라서 집행유예 2년을 받았다고 하지만 아버지 된 입장으로는 남경필 아들이라 사회적인 비난을 만 배쯤 더 받았을 아들에게 미안했다. 하지만 아들은 자신 때문에 아버지가 비난을 받았다며 나에게 미안해했다.

그즈음 수원 나혜석 거리에서 페이스북에 올렸던 글 또한 비난을 많이 받았다. 공교롭게도 아들 사건이 공론화되기 전인 8월 11일, 집사람과 이혼을 결정했고 변호사와 연락했다. 13일에 아들 폭행 사건을 통보받았고, 그때만 해도 아들 문제는 별것 아니라는 보고였기 때문에 개인적으로는 아내와의 이혼 결정이 훨씬 더 크고 아프게 다가왔다. 그리고 15일에 "수원 나혜석 거리에서 호프 한잔하고 있습니다. 날씨도 선선하고 분위기도 짱입니다. 아이스께끼 파는 훈남 기타리스트가 분위기 업시키고 있네요"라는 글을 올렸다. 이혼으로 울적한 기분을 혼자서 삭이고 쓸쓸한 기분을 떨쳐버리려고 쓴 글이었다.

아들 문제가 내가 보고받은 내용 이상이라는 것이 밝혀지면서 "아들이 군 복무 중 일으킨 잘못에 대해서 피해를 입은 병사와 가족분들에게 고개 숙여 사과드립니다. 아들은 조사 결과에 따라 법에 정해진 응당한 처벌을 달게 받게 될 것이며 아버지인 나도 같이 벌을 받는 마음으로 반성하고 뉘우치겠습니다"라는 내용의 인터뷰를 했지만 여론의 뭇매를 피할 수 없었다.

지나고 나서 생각하니 세상 일이 참으로 공교롭다. 아내와 이혼 결정이 나고 곧바로 아이 문제가 불거졌는데, 만일 순서가 바뀌어서 아이 문제가 먼저 터졌더라면 이혼 문제는 나중에 의논하자고 철회했을 수도 있다. 아들 문제 때문에 아이 엄마와 자주 의논할 수밖에 없었는데, 아들이 집행유예를 받자 아이들 엄마가 더 힘들어했다.

　그러면서 두 사람이 이혼했다는 사실까지 아이 일과 맞물려 언론에 대서특필되고 이혼 사유가 무엇인지 세간의 관심이 쏟아졌으니 심적인 고통이 더욱 컸을 것이다. 이혼했다는 사실이 언론에 밝혀지던 날, 쏟아지는 관심이 부담스러워서 직진 스타일인 나조차도 일정을 취소하고 틀어박혔으니 여린 심성의 아이들 엄마가 얼마나 힘들었을지는 짐작하고도 남는다. 신의 뜻인지 우리의 잘못인지, 하루 이틀 차이로 어긋난 그 과정이 참으로 절묘하다. 부부의 인연은 하늘이 맺어준다는데, 부부의 인연을 끊는 것도 하늘일까?

# 아들과 떠난
# 배낭여행

2년의 집행유예가 확정된 아들은 제대하고 나서 학교에 자퇴서를 냈다. 여행을 떠나겠다고 했다. 반성의 시간을 가지면서 인생에 대해 깊이 생각하고, 세상을 돌아다니며 더 많은 경험을 해보고 싶다는 것이었다. 내가 대학 1, 2학년 때와 유학 시절 많은 여행을 다니며 인생을 배웠던 것처럼, 여행은 아들에게도 많은 경험과 깨달음, 인생에 대한 지혜를 줄 것이라 생각한 나는 기꺼이 찬성했다. 별다른 고민이 없었던 나와 달리 이십 대 초반 젊은 나이에 좌절을 겪은 아들에게 여행은 더 필요했을지도 모른다. 넘어지고 엎어졌으니 툴툴 털고 일어나 앞으로 같은 잘못을 반복하지 않으면 된다. 여행을 통해 아들이 더 단단해질 수 있으리라 생각했다.

중간에 봉사 활동 일정이 줄을 지어 있어서, 아들은 두어 달 정도 기다리다가 아프리카에 갔다. 아프리카 모로코에 가서 봉사 활동을 했고, 중간에 아랍에미리트에 있는 서울대학교병원에서도 봉사를 했다. 앞으로 어떤 사업을 할까 생각하면서 아르간오일을 생산하는 농장에서도 일을 했다고 한다. 모로코에서 생활하는 동안 2년의 집행유예 기간이 끝났고, 아들은 한국으로 돌아와서 아르바이트를 시작했다.

　아들이 모로코에 있을 때 나는 여름휴가를 이용해서 아프리카에 갔다. 아들과 일주일 동안 배낭여행을 하기 위해서였다. 바쁜 일정에 쫓겨서 아이가 어떻게 사는지 가보지 못했기 때문에, 가서 머무는 집도 보고 친구들도 보고 싶었던 것이다. 아들의 친구들은 전부 아랍인이었다. 처음에는 벙어리처럼 있었다고 했다. 영어나 아랍어를 쓰는 안전한 나라로 가려고 했는데, 막상 가서 보니 영어나 아랍어가 아니라 거의 불어를 사용하고 있더라는 것이었다. 아들은 불어를 모른다. 그러니 처음에는 입을 다물 수밖에 없었고, 그곳에는 한국 사람들도 거의 없어서 그동안 한국인은 한두 명밖에 만나지 못했다고 했다.

　아들의 아랍 친구들을 소개받고 같이 밥을 해 먹고 친구들 집도 방문했다. 그리고 아들을 데리고 나와서 포르투갈로 갔다. 둘 다 배낭 하나 등에 메고 계속 걸었다. 리스본까지 비행기로 가서 주변을 걸어 다녔는데, 리스본에는 한국 식당이 없었다. 스페인의 마드리드에 가서야 한국 식당에 갈 수 있었는데, 아들이 여행하면서 가장 좋아하고 행복해하는 모습을 거기서 보았다. 1년 만에 한국 식당의 한국 음식을 보더니 눈에서 반짝반짝 빛이 났다. 둘이서 삼겹살 4, 5인 분을 먹은 후에야 아들은 만족스러워했다.

그때 아들과 정말 많은 이야기를 했다. 1년을 혼자 떠도는 동안 아들은 훌쩍 커 있었다. 마치 나의 보호자인 앙 "아빠 외롭지 않으세요?" 하며 걱정도 했다. 남자 대 남자로 걸으면서 가슴 깊이 묻어둔 이야기, 새로운 생각, 혼자 있으면서 깨달은 것, 가족의 소중함, 경험에서 얻은 것들에 관해 이야기를 나누었다. 그때 나는 비로소 '내가 아들을 잘못 키운 것은 아니구나' 싶어서 눈물이 핑 돌았고, 아들에게 고마운 생각이 많이 들었다.

2015년 여름의 여행이 좋았기 때문에 2016년 여름에도 나는 아들과의 여행을 계획했다. 이번에는 둘째와 어머니까지 모시고 영국으로 갔다. 역시 배낭여행이었다. 에어비앤비(Airbed and Breakfast)로 네 식구가 조그마한 아파트 방을 얻어서 짐을 푼 다음, 주로 걸어서 여행지를 돌아다녔다. 영국 북부로 갔을 때는 에어비앤비가 없어서 작은 여관방을 얻었고, 정말 오랜만에 어머니와 같은 방에 짐을 풀었다.

잠자리를 살피시는 어머니를 물끄러미 바라보니 예전보다 많이 쇠약해지신 모습이었다. '어머니도 이제 늙으셨구나' 하는 회한이

어머니 연세가 많으셔서 배낭여행이 가능할까 염
려했는데 오히려 그 누구보다 걷기를 즐기셨다.

들었다. 하긴 마냥 어릴 것 같은 아들이 벌써 50이 넘었는데 어머니의 기분은 또 어떻겠는가. 아버지는 63세 때 돌아가셨다. 나보다 10년 정도 더 사시고 돌아가신 셈이다. 어머니는 아버지 돌아가시고 어언 20년 세월을 사셨는데 그동안 어찌 이런 기회를 만들지 않았는지, 좁은 방 한 칸에서 어머니와 단 둘이 누워 있으니 어렸을 때로 돌아간 듯했다.

오십 줄에 들어선 아들이 어머니랑 동무처럼 되어서 둘이서 인생에 관해 많은 이야기를 나누었다. 나도 어머니와 오랜만에 한 방에서 자면서 한 여행이 좋았는데, 어머니도 아들과 한 방을 쓰면서 한 여행이 마음에 드셨던 것 같다. 77세이신 어머니 연세가 많아서 여행이 힘들까 봐 걱정이었는데 누구보다도 여행을 즐기시고 기뻐하셔서서 뿌듯했다.

# 금수저와
# 오렌지에 대한 생각

　　나에 대해 사람들이 말할 때 자주 따라다니는 수식어 중 하나가 '금수저 정치인'이다. 혹자는 '오렌지 정치인'이라고도 한다. 오렌지족은 1990년대 초반 부모의 경제적 지원 아래 유학을 다녀와 고급 외제차를 몰고 다니던 젊은이들을 칭하던 말이다. 내가 국회의원이던 아버지의 지역구를 물려받은 셈이니, 어떤 사람들은 아버지의 후광으로 금배지를 달았다고 생각하기도 하는 모양이다.

　　나의 겉모습만 본 사람들이 오렌지나 금수저로 나를 지목하는 것에 대해 사실 무턱대고 부인할 생각은 없다. 적어도 밑바닥에서부터 치열하게 살면서 올라오지는 않았다. 언젠가 아들에게 이것에 대해 물어본 적이 있다. 내가 어떻게 사는지를 잘 알고 있는 아들은, 오렌지라기는 조금 그렇고 한라봉 정도가 적당하겠다고 대답한 적이 있다.

사실 나의 어린 시절은 오렌지나 금수저로 불리는 것이 미안할 정도로 지극히 평범했다. 할아버지 때까지는 의령 남씨들이 집성촌을 이루어 살던 경기도 용인에서 살았다. 할아버지께서 1940년대에 수원에서 경남여객이란 이름으로 버스사업을 시작하셨고, 이때부터 수원에 터를 잡으셨다. 셋째 아들이었던 아버지는 학교를 마치고 경남여객 사원부터 시작하셨고, 그래서인지 유달리 검소함이 몸에 배인 분이다.

수원으로 처음 이사를 할 때 단신인 부모님께서는 의자를 놓고 땀을 흘려가며 천장까지 직접 도배를 하셨다고 한다. 아버지는 가족들에게 항상 "절약해야 한다"는 말씀을 귀에 못이 박히도록 하셨다. 중학생, 고등학생 때는 물론 대학생일 때도 늘 부족한 용돈을 주셔서 나는 아르바이트를 하곤 했다. 하지만 아버지께서 우리보다 더 절약하면서 사셨기 때문에 용돈을 더 달라는 등의 불만은 말할 수 없었다.

정작 아버지가 나에게 물려주신 것은 재산이 아니라 정신적인 것이다. 아버지는 할머니가 돌아가시기 직전까지 매일 아침저녁으로 문안 인사를 했다. 어느 날은 아버지가 병원으로 급히 오라고 하셔서 큰일이 난 줄 알고 만사 제쳐두고 병원으로 달려갔다. 아버지의 얼굴은 백지장처럼 하얗게 변해 있었고 희끗희끗한 머리카락은 땀으로 흥건했다. 체구가 작은 데다 그때 55세였던 아버지가 할머니를 등에 업고 병원까지 달려오신 것이었다. 어머니 역시 종친회에서 주는 효부상을 받았을 정도로 어르신들을 극진히 모셨다.

아버지는 돈은 참 많이 벌었지만 굉장히 검소하신 분이었다. 경남여객을 운영하셨던 할아버지는 슬하에 많은 자식을 두셨다. 할아버지가 돌아가시고 나서 아버지는 많은 자식들 가운데 아주 적은 지분만을 물려받으셨다. 아버지는 그 적은 지분을 가지고 성실함과 검소함으로 점점 지분을 키워나가셨다.

그때 다른 형제들 중에 술 먹고 도박하는 사람들이 있어서 할아버지께 물려받은 지분을 다른 사람들에게 팔았다고 한다. 누군가 지분을 팔았다는 말을 들으면 부모님이 지분을 산 사람을 찾아가서 돈을 더 주고라도 도로 사들이셨다. 열심히 돈을 모아서 형들이나 친척들이 지분을 팔면 사들이길 반복하셨다. 그렇게 30년쯤 지나자 아버지가 최대 지분을 가지게 되셨다. 스스로의 힘으로 할아버지의 가업을 승계한 셈이다.

아버지는 본인에게 인색하셨지만 주변에까지 인색하지는 않아서, 어렵게 사는 사촌들이 도움을 요청하면 기꺼이 도와주셨다. 자수성가하신 분이라 고집스럽고 보수적이고 따뜻한 마음을 말로 표현할 줄을 모르셨다. 하지만 꼭 입으로 표현해야 아는 것이 아니다. 따뜻한 마음은 행동과 눈으로 표현될 때 가장 진솔하게 전해진다. 나도 아버지가 말로 표현해서가 아니라 그냥 아버지의 진심

또는 성실함을 알고 있기 때문에 마음이 따뜻한 분이라는 것을 많이 느꼈다.

아버지는 인생관을 말보다는 삶으로 보여주셨다. 젊었을 때는 거의 빈손으로 시작하셨지만 마지막에는 재산도 상당히 많이 모으셨다. 그런데도 당신이 드시는 것은 자장면이나 된장찌개, 김치에 밥 같은 것이 고작이었다. 침대를 스프링이 가라앉고 가장자리가 너덜너덜해질 때까지 쓰신 것은 물론이고, 한번 산 물건은 완전히 고장 날 때까지 바꾸는 법이 없었다. 아버지는 돌아가실 때까지도 1970년대에 샀던 오래된 텔레비전을 안방에 두고 사용하셨다. 다른 집에서 유행 따라 몇 번씩 TV를 바꿀 때도 아직도 쓸 만한데 왜 버리느냐며 고집을 꺾지 않으셨다.

자식들에게 아끼라고 매일 잔소리를 하지도 않으셨다. 다만 행동으로 그냥 보여주셨다. 아버님의 검소함은 우리에게 흥청망청하지 말라는 것을 말이나 글보다도 더 확실하게 각인시켰다. 용돈도 잘 안 주셔서 나는 아르바이트를 자주 하며 학교에 다녔다. 아버지가 가진 것을 보면 금수저 집안에서 태어난 정치인일지 모르나 화려하게 살지는 않았다.

어머니 역시 아버지와 쌍벽을 이룰 정도로 검소하셨다. 학비 외에는 흔쾌히 돈 주시는 법이 없었다. 용돈도 필요한 만큼 조금씩 주셨고, 지금도 뭔가를 사서 드리면 "이거 얼마냐?"부터 물어보신다. 먹다 남은 음료수는 반드시 남겨뒀다 다시 드시고, 가능하면

부모님은 인생관을 말보다는 삶으로 보여주셨다. 금수저 논란에도 불구하고
내가 부모님께 받은 가장 큰 유산은 '검소함'과 '성실함'이다.

싼 것을 선호하신다. 그래서 어머니와 외식을 하거나 어떤 물건을 살 때는 부득이하게 값을 조금 속여서 말씀드린다. 잔소리를 많이 하시는 편인데 나도 나이가 들고 보니 아무리 어머니 잔소리라도 듣기가 좀 거북하고, 듣는 어머니 마음이 조금이라도 더 편해지셨으면 해서다.

아버지는 국회의원에 출마하셨다가 한 번 낙선하셨다. 지금은 돈 안 쓰는 선거를 하지만 아버지 때만 해도 선거를 하려면 돈이 많이 필요했는데, 그래도 살림이 거덜 나지 않은 것은 어머니 덕분이다. 감성적인 아버지와 달리 어머니는 지극히 이성적인 분이시다. 그 이성을 십분 발휘하셔서 집안 살림을 하셨다. 지금은 연세가 드셔서 사업은 동생에게 물려주고 유치원을 운영하신다. 어머니는 유치원 교사자격증을 따려고 합숙까지 하면서 공부하셨고, 유치원 교사자격증으로 교사도 하고 원장도 하셨다. '안 써서 모으자'는 흐름이 우리 집에 있다. 막내 동생이 그런 면에서 부모님을 닮아서 사업을 크게 하는데도 먹는 것과 입는 것에 돈을 거의 쓰지 않는다.

나는 성격적인 면에서는 어머니를 많이 닮아서 이성적인 부분이 더 많다. 헤어진 아내는 감성이 굉장히 풍부한 사람이었다. 이성적인 나와 감성적인 아이들 엄마가 25년 동안 살다보니, 그 부분이 서로 영향을 주어서 지금은 나도 감성적인 부분이 많다.

우리나라에서 '금수저'가 좋지 않은 이미지를 갖고 있는 이유는 금수저로 자기 가족들만 떠먹기 때문이다. 하지만 그 큰 금수저로 다른 사람들을 떠먹이면 어떨까? 대표적인 사람이 미국의 프랭클린 루스벨트 대통령이다.

그는 금수저로 태어났지만 금수저들이 힘들어할 만한 정책을 폈고, 그들에게서 걷어 들인 세금으로 중산층과 서민층에 큰 혜택을 주었다. 루스벨트 대통령 같은 금수저라면 기업인이나 정치인이 금수저라는 이유로 욕을 먹는 일은 없을 것이다. 누구든 부모로부터 받은 혜택을 남들과 나누고자 한다면 사회에 큰 공헌을 할 수 있다. 내가 큰 금수저를 갖고 있는 것은 아니지만, 내가 추구하는 정치의 방향은 바로 루스벨트식 금수저 정책에 있다.

2

하루하루가
열정이었던 나날들

# 수원
# 촌뜨기

　나는 서울 종로구 내수동에서 태어났다. 하지만 나의 정신적인 고향은 수원이다. 태어났을 때부터 수원에서 계속 살았던 것은 아니지만, 수원은 나에게 아름다운 유년의 기억을 선물했다. 1970년대만 해도 수원은 자연 그대로의 모습을 즐길 수 있는 곳이었다. 지금의 북문 일대에는 너른 논과 밭이 펼쳐져 있었고 수원천과 서호천이 논밭을 감싸며 흐르고 있었다. 호수도 저수지도 많아서 비옥한 들판은 풍요로웠고, 발길 닿는 곳들마다 들꽃들이 흐드러지게 피어났다.

　내가 처음 입학한 학교는 100년이 넘는 오랜 전통을 지닌 신풍초등학교였고, 2학년 때 소화초등학교로 옮겼다. 소화초등학교에 다니던 시절, 수업이 끝나면 나는 으레 친구들과 운동장에서 야구를 했다. 지금도 야구를 좋아해서 야구 경기를 자주 보는데, 초등학교 때는 홈런도 자주 날리곤 했다.

야구를 하고 땀을 흘린 우리는 집에 오면 가방만 던져놓고 냇가로 달려갔다. 북문을 가로질러 흐르는 냇가에서 멱을 감으며 뛰어놀다보면 어느새 해가 서쪽으로 기울곤 했다. 뙤약볕이 뜨거운 날이면 친구들과 삼삼오오 광교저수지까지 놀러가곤 했다. 나와 친구들은 들판에서 메뚜기나 개구리를 잡아서 모닥불을 피워 구워 먹기도 했다. 바삭거리는 구운 메뚜기나 닭고기처럼 고소한 개구리 뒷다리구이의 맛은 아마 먹어보지 않은 사람은 모를 것이다. 황금물결이 비옥한 땅을 뒤덮을 무렵에는 으레 친구들과 메뚜기 잡기 내기를 했다.

지금 나는 우연히도 광교신도시 가까이에 살고 있는데, 어린 시절의 광교와는 판이하게 다른 모습이다. 하지만 그때의 즐거웠던 추억은 아직도 내 기억 속에 선명하게 자리 잡고 있다. 어릴 때의 추억과 기억이 사람의 마음을 얼마나 풍요롭게 해주는지 나는 안다. 그래서 삭막한 시멘트 공간에서 아이들을 자라게 하기보다는, 비록 도심이지만 자연이 있는 공간에서 아이들이 자라게 하고 싶다. 내가 정치를 하면서 꿈꾸는 도시는 바로 자연이 살아 숨 쉬고 아이들이 추억을 가질 수 있게 해주는 도시다.

당시 우리 집은 팔달산 아래쪽에 있었다. 나는 팔달산의 성곽에 자주 놀러갔고 수업 시간에는 정조대왕과 화성에 대한 역사

부모님의 말씀에 따르면 삼 형제의 맏이인 나는 두 동생을
일일이 챙기는 자상한 형이었다고 한다.

를 배웠다. 집 마당에서 올려다보이는 성곽은 내게 역사를 가르쳐줄 뿐만 아니라 친구들과 숨바꼭질하기에 더없이 좋은 놀이 터였다.

하지만 소화초등학교에서 졸업을 하지 못하고, 초등학교 5학년 2학기 때 나는 서울로 전학을 가야 했다. 아버지의 직장이 서울로 바뀌었던 것이다. 아버지는 나를 살사는 집 아이들이 주로 다니는 경복초등학교로 전학시켰다. 아이들은 수원에서 전학 온 나를 촌 뜨기라고 놀렸다.

새 학기가 시작되자 담임선생님은 반 아이들의 가정환경을 조사했다. 그 당시만 해도 거리에 차가 흔치 않을 때였으므로, 아이들은 집에 차가 있는지 없는지를 가지고 그 아이네 집의 부를 판단했다. 그리고 충격적이게도 잘사는 집 애들끼리 패거리가 만들어졌다. 나는 한동안 이 충격에서 헤어나지 못해 방황했고, 매일같이 부모님께 다시 수원으로 전학시켜달라고 떼를 썼다.

남자아이들 놀이도 수원 친구들과는 달랐다. 여자아이들이 고무줄놀이를 하고 있으면 몰래 다가가서 고무줄을 끊어놓거나, 여자아이들의 치마를 들쳐서 울리기도 했다. 나는 그런 놀이가 즐겁지 않았고, 밤마다 수원 친구들과 놀던 추억을 떠올리면서 잠이 들었다. 졸업할 때까지 서울 생활은 낯설기만 했다. 수원 친구들이 몹시도 그리웠다. 그래서 '내가 크면 꼭 수원에서 살 거야'라고 다짐하곤 했다. 나는 6학년이 되어서도 수원으로 다시 보내달라고 가끔씩 어머니를 보채곤 했다. 졸업식 때 어머니는 우등상을 받은 나를 대견해하시면서 어깨를 안아주셨고, 중학생이 되기 전 겨울방학 때 나는 어머니와 수원에 다녀올 수 있었다.

대학 졸업 후 나는 군 생활을 하기 위해 다시 수원으로 갔다. 수원은 많이 변해 있었다. 10년이면 강산도 변한다더니, 너른 논밭에는 아파트와 건물들이 들어섰고 수원천과 서호천의 물은 생활폐수와 공장폐수로 오염되어 있었다. 수원은 외형적으로는 많이 발전했지만 아름다운 자연을 잃었고, 나는 개발과 자연 보존은 상치되는 개념일까에 대해 상당히 고민을 했다.

1995년 수원 화성이 유네스코가 지정하는 세계문화유산에 등재되었다는 반가운 소식을 미국에서 들었다. 소중한 추억이 간직되어 있는 화성이 세계문화유산으로 평가받았다는 사실이 정말 기쁘고 반가웠다. 이후 1998년부터 국회의원으로 도지사로 수원에서 계속 살고 있으니, 어쩌면 수원에서 살겠다는 꿈이 절반쯤은 이루어진 것인지도 모르겠다. 왜 절반쯤이냐 하면 수원에서 살고 있긴 하지만 내가 뛰어놀았던 냇가에서 뛰어놀 수 없고 논밭은 아파트로 뒤덮여 어릴 적의 추억을 떠올리게 하는 장소들이 사라졌기 때문이다.

그나마 여전히 화성의 성곽과 팔달산 광교산이 있고, 수원천과 서호천이 명맥을 유지하고 있으니 얼마나 다행인지 모른다. 도시공학을 공부한 나는 마음속에 간직한 꿈이 있다. 개발되기 전 수원의 아름다운 자연을 되살려보겠다는 꿈, 나는 그 꿈을 여전히 포기하지 않고 있다.

# 십 대엔 우리 모두
'중2병 환자'다

수년 전부터 많은 부모들 입에서 '중2병'이라는 말이 나오기 시작했다. "북한이 남침을 못 하는 이유는 중2가 무서워서"라는 우스갯소리까지 있을 정도다. 중2병이라는 말을 들으면 나의 중학교 시절이 생각난다. 시대가 달라 양상이 조금 다르게 나타났을 뿐, 삼십 대도 사십 대도 오십 대나 육십 대도 십 대엔 누구나 '중2병 환자'였다. 세월이 지나 자신의 과거에 대해 조금쯤 관대해지고 추억이라는 이름으로 포장되기 때문에 아름다워 보일 뿐, 십 대는 어느 시대에나 비슷한 모습이다. 만일 나의 십 대에도 페이스북이나 카카오톡, 밴드 등 또래들이 모여서 쉽게 편 가르기를 하고 대화를 나누면서 정보 교류를 할 수 있는 공간이 있었더라면, 왕따나 학교 폭력 문제가 지금처럼 심각했을 것이다.

경복초등학교를 졸업한 후 나는 초등학교와는 상당히 거리가 떨어져 있는 청운중학교로 진학했다. 인왕산과 북악산 자락을 끼고 있어서 눈만 돌리면 북악산 자락의 푸르름과 마주할 수 있는, 청와대와 가까운 중학교였다. 까만 교복을 입고 머리를 짧게 깎은 모습으로 중학생이 되니 마음가짐은 물론 학교의 분위기와 느낌까지 초등학교 때와는 완전히 달랐다. 고작 한 살 더 먹었을 뿐인데 더이상 어린애들이 아닌 것 같았고, 여학생들이 없어서인지 학교 분위기도 왠지 삭막하고 엄숙했다.

외부의 분위기가 달라지는 만큼 내부의 마음도 달라지기 시작했다. 이전의 내가 아닌 것 같았고, 마음속에서는 새로운 '나'가 자라났다. 우리를 가르치시는 선생님들의 말투와 시선도 달라졌다. 뽀얗기만 하던 얼굴의 솜털이 거뭇거뭇해지기 시작했고, 나는 마치 어른이 돼서 세상의 비밀을 알게 된 느낌이었다. 여기서 나는 수원에서 전학 온 촌뜨기가 아니라 같은 출발선에서 함께 출발한 '보통 학생'이었고, 따라서 열심히 공부할 마음이 생겼다.

처음 배우는 영어는 외국 문화에 대한 호기심과 함께 '언젠가 외국에서 공부하고 싶다'는 마음이 들게 했고, 복잡한 수학의 공식과 기호들은 사회 구성원들 사이에 존재하는 '약속'의 중요성을 실감하게 했다. 덧셈 기호를 나 혼자 뺄셈으로 사용하거나 제곱 기호를 나 혼자 덧셈으로 사용한다면, 내가 내린 결론은 오답이 된다. 수학 문제를 풀 때 약속된 기호를 약속된 정의대로 사용해야 하듯이 사회의 약속을 지켜야 올바르고 바람직한 구성원이 될 수 있을 것이라 생각했다. 이렇게 조금씩 철이 들면서 나는 공부를 열심히 하기 시작했다.

2학년으로 올라가자 나는 학급의 부반장이 되었다. 지금은 초등학교 4학년 때부터 사춘기가 시작된다고들 하는데, 그땐 아무래도 사회적 분위기라는 것이 있어서 중학교 2학년이 되어서야 나를 비롯한 친구들 대부분이 사춘기에 접어들었다. 신체 성장이 조금 빠른 친구들은 거뭇거뭇한 턱수염을 아버지 면도기로 면도한 후 친구들에게 허세를 부렸다. 아이들의 얼굴에는 여드름이 마음속에는 성적 호기심이 자라났다. 누군가 누드 사진이 실린 잡지책 한 권이라도 구하면 선생님들과 부모님들 몰래 돌려 보며 비밀스럽게 웃었고, 힘센 아이와 힘없는 아이 사이에 은밀한 폭력도 생겨나기 시작했다.

그러고 보니 기억나는 학생이 하나 있다. 늘 불만에 가득 찬 험상궂은 표정을 하고 다른 친구들보다 머리 하나는 더 큰 정진락이라는 친구였다. 여러 명의 고등학생들과 싸워도 이기기 때문에 선생님들도 함부로 건들지 못한다는 등 무시무시한 소문이 무성했기 때문에 학급 아이들은 그 친구의 기세에 눌려 있었다. 그가 몇몇 친구들을 무리로 거느리고 다니며 소위 '일진'이나 '짱'으로 군림하면서 아이들의 도시락을 빼앗아 먹고 용돈을 빼앗아도 아이들은 꼼짝없이 당하기만 했다.

그런 모습을 보고 나는 내심 분개했지만 맞서볼 만한 배짱은 없었다. 그런데 어느 날 수업 시간에 선생님이 반장과 부반장에게 애들 조용히 시키라고 하면서 잠시 자리를 비우셨다. 교탁에서는 반장이 책을 펴놓고 있었고 부반장인 나는 책을 들고 창가에 서서 아이들을 바라보고 있었다. 우리 반 '짱'인 그 친구는 처음부터 웃으면서 연신 그의 패거리와 떠들고 있었고, 반장은 차마 그를 지목해서 조용히 시키지는 못하고 가끔 "우리 좀 조용히 하자"라고 할 뿐이었다. 그때마다 그 패거리는 "야 이 새끼야, 너나 조용히 해!" 혹은 "웃기고 자빠졌네"라며 비아냥거렸다. 그 모습을 보고 있으려니 화가 나서 참을 수가 없었다. 결국 나도 모르게 크게 소리를 지르고 말았다.

"야, 정진락! 너 때문에 시끄러워서 공부를 못 하겠어. 좀 조용히 하란 말이야!"

순간 교실은 찬물을 끼얹은 듯 조용해졌고, 아이들의 눈이 휘둥그레졌다. 어이가 없다는 듯 자리에서 책상을 걷어차면서 벌떡 일어난 그 친구가 내 쪽으로 걸어오기 시작했다. 솔직히 무서웠다. 교실 안에는 호기심과 긴장이 가득 찼고, 나는 심장이 쿵쾅거리기 시작했다. '어쩔 수 없이 싸워야겠구나. 싸우면 친구들 앞에서 모양 빠지게 얻어맞을 텐데 어떡하지…….' 머릿속으로 답이 안 나오는 계산기가 돌아가고 있는데도 팔과 다리에 힘이 빠져서 꼼짝할 수가 없었다. 그 친구가 내 앞에 서고 주먹이 날아오겠다 싶은 바로 그 순간, 너무나 고맙게도 선생님이 돌아오셨다. 서 있던 학생들은 모두 제자리로 돌아갈 수밖에 없었다. 그는 나를 노려보며 "너, 쉬는 시간에 화장실로 와!"라고 낮게 말하고 자기 자리로 돌아갔다.

남은 수업 시간이 어떻게 지나갔는지 모른다. 할 수만 있다면 어딘가로 숨어버리고 싶었다. 마침내 수업이 끝났음을 알리는 벨소리가 울렸고, 나는 화장실에서 그 패거리에게 두들겨 맞고 바닥에 처박혔다. 그러자 이상한 정의감이 생겼다. 울거나 굽히기 싫어졌다. 내가 옳고 쟤가 그른데, 쟤는 잘한 듯 기세등등하고 나는 잘못한 것처럼 굽히고 들어가서야 말이 되는가 말이다. 맞은 데가 아프고 쓰라렸지만 나는 아무렇지도 않은 척 안간힘을 쓰며 수업을 마쳤다.

수업이 끝날 때쯤 반 친구들 손에서 손으로 전해진 쪽지가 나에게 도착했다. 방과 후에 뒷산으로 오라는 것이었다. 그 쪽지는 나를 분노로 불타오르게 했다. 애한테 맞아서 죽는 한이 있어도 물러서지 않겠다고 결심한 나는 방과 후에 기다렸다는 듯이 뒷산으로 올라갔다. 패거리가 모여서 기다리고 있었다. 나는 다짜고짜 다가가서 그의 얼굴에 주먹을 날렸다. 물론 싸움 경력이나 전투력이나 덩치에서나 이길 수 없는 상대였으므로 소위 '선빵'을 날렸을 뿐 피범벅이 될 때까지 맞고 결국은 쓰러졌다.

때리다 지친 녀석들이 산에서 내려간 후에도 나는 어두워질 때까지 그 자리에 누워서 하늘을 바라보았다. 피를 흘린 채 누워 있었고 몸 여기저기가 결렸지만 신기하게도 야릇한 해방감과 후련함이 느껴졌다. 누가 봐도 얻어맞고 진 모양새인데 나는 내가 이긴 느낌이었다.

지금 생각하면 그때 내 기분은 나 자신과의 싸움에서 이겼기 때문에 생긴 승리감이었던 것 같다. 무섭다는 이유로 피하지 않았고 내가 옳다고 생각하는 일을 했다. '동기'가 주는 만족감이 '결과'가 주는 고통보다 훨씬 더 컸던 것이다.

인생에서 가장 큰 적은 다른 사람이 아니라 바로 나 자신이다. 자신의 유혹, 자신의 내부에서 나오는 두려움과 공포, 이기심과 게으름, 유약함을 이기는 사람은 결국 성공하게 된다. 다른 사람을 짓밟고 일어서는 세속적인 성공이 아니라 진흙탕 속에서 연꽃이 피어나듯 아름다운 승리다. 김연아 선수의 가녀린 몸에 솟아오른 근육, 발레리나 강수진의 굳은살투성이 발이 그것을 말해준다. 자신과의 힘든 싸움을 이겨내고 기록을 단축하고 아름다움을 완성하는 그런 거창한 싸움은 아니었지만, 적어도 그날 내가 맞짱을 뜬 상대는 정진락이라는 무서운 친구가 아니라 '두렵고 무서운 것'을 피하는 내 자신의 비겁함이었다.

날이 완전히 어두워지자 나는 무거운 몸을 간신히 일으켜 세우고 산을 내려왔다. 내일 또 맞을 수도 있지만 '두들겨 맞는다'는 것에 대한 공포는 사라졌다. 처음이 두렵지 한 번 했으니 두 번도 할 수 있고, 두 번 하면 세 번도 할 수 있을 터였다. 녀석들이 또 때리면 나도 한 대 치고 얼마든지 더 맞을 수 있을 것 같았다.

그다음 날 각오를 단단히 하고 등교를 했다. 그런데 이상한 일이 벌어졌다. 때린 것은 그 친구고 맞은 것은 나였는데, 정작 정진락이라는 친구가 나를 피하기 시작한 것이다. 나는 그가 잘못할 때마다 지적을 했고, 그는 그런 나에게 서서히 마음을 열기 시작했다. 친구가 된 것이다. 그러면서 그는 공부를 하려고 애도 썼고 학급 친구들을 더 이상 괴롭히지 않았다. 그 친구도 본성이 거칠었던 것이 아니라 마음 붙일 데 없는 자신을 보호하기 위해 날선 가시를 두르고 있는 사춘기의 장미에 지나지 않았던 것이다.

중2병 자녀들 때문에 고민하고 있는 부모들에게 나는 사춘기 자녀들을 사랑하되 '방임'하라고 말하고 싶다. 그 시절에는 친구들과 싸우고 방황하고 다치면서, 배워야 할 것들이 있다. 그 방황을 부모가 차단한다면 아이는 영원히 어른이 되지 못한다.

친구들과의 관계만 소중히 하고 친구들에게만 고민을 털어놓고 늘 스마트폰을 손에 쥐고 사는 자녀를 보면 부모에게서 멀어지는 것 같아 서운하고 걱정될 것이다. 하지만 관계의 우선순위가 바뀐 것일 뿐이며 친구들과 어울리고 부대끼면서 그 속에서 또래끼리의 소통 방법과 문제 해결 능력을 배운다. 나처럼 얻어맞으면서도 배우는 것이 있고, 그 친구처럼 때리면서도 성숙해가는 것이 바로 사춘기 아이들이다.

나와 중학교 때 그렇게 싸우면서 정들었던 그 친구는 같은 고등학교로 진학했다. 최근에 동창회에 가서 만났는데, 그때는 그토록 엇나가고 아이들을 괴롭혔던 그 친구가 사회에 나가서 굉장히 성실한 아저씨가 되어 잘 살고 있었다. 사춘기란 그런 것이다. 성실하고 다정다감한 아빠요 남편인 사람도 거칠게 지나오는, 일종의 통과의례 같은 것 말이다.

## 반짝 반짝
## 작은 별

많은 사람들에게는 광주민주화운동으로, 어떤 사람에게는 박정희 대통령 사망과 전두환 전 대통령의 취임으로, 어떤 사람에게는 처음으로 TV로 컬러 방송을 보고 신기해했던 해로 기억될 1980년 봄, 나는 부모님의 환한 웃음과 축하를 받으며 경복고등학교에 입학했다. 가족들은 평화스럽고 학교는 조용했지만, 학교에 오가면서 마주치는 전투경찰들과 대학생들의 데모와 함성, 매캐한 최루가스는 막연히 무언가 잘못되어가고 있다는 생각이 들게 했다.

중 3이던 1979년에 박정희 대통령이 사망하면서 선포되었던 계엄령이 1980년 5월 17일에 전국으로 확대되었고, 각 대학에는 휴교령이 내려졌다. 대학의 학생회장들은 학생운동을 하다가 수배되어 숨어 다니기 바빴고, 고등학생들 사이에도 흉흉한 소문이 무성했다. 형이나 누나가 대학생인 친구들은 광주에서 군인들이 시민들을 죽이는 사건이 벌어졌다는 충격적인 소식을 조심스럽게 전했다. 선생님들은 입을 다물었고 학생들에게 정치에 관한 말을 한 선생님들이 잡혀갔다는 소문도 돌았다.

그 시기에 우리는 고등학생이었고, 울타리 밖 세상보다는 울타리 안의 세상에 속해 있었다. 나 역시 별다른 사건 없이 대학에 들어가야 한다는 당위 앞에 하루하루를 보내고 있었다. 아니, 겉보기에만 그랬을 뿐 사실 내면은 죽 끓듯 했다. 그냥 평범한 학창 생활을 하면서도 일탈을 좀 했다. 근본적인 체제에 대한 도전을 하면서 학생운동을 했다거나 하는 거창한 것이 아니라 소위 껌을 좀 씹은 셈이다. 당시 한창 유행하던 고고장에도 자주 갔는데 그 정도가 다소 과했다. 대학입시를 코앞에 둔 고 3때까지도 고고장에 가곤 했다.

지금 내가 내심 하고 싶은 것을 당시 전두환 대통령이 했는데 바로 과외 금지 조치다. 몰래 비밀과외를 하다가 걸리는 사람들도 있었지만, 여유 있는 집 아이들만 할 수 있었던 과외가 표면적으로는 사라졌다. 학생들이 더 자유로워진 것은 당연한 일이었다. 지금은 교복이 부활했지만 한참 동안 교복자율화가 된 적이 있었는데, 내가 고등학교 3학년일 때는 두발자율화는 되었지만 교복은 입어야 했다.

그래서 고 3 때 조금 논다 하는 친구들은 가방에 청바지를 넣어 가지고 다녔다. 학교 앞 떡볶이 집이나 중국집에서 밥을 사 먹으면서 교복을 벗어 가방에 넣고 사복으로 갈아입었다. 그리고 책가방을 거기 맡겨둔 채로 고고장으로 가서 놀다가 다시 중국집 문 두들겨서 책가방 받아서 교복으로 갈아입고 내내 공부하고 온 척 하면서 집에 들어갔다.

나를 두고 '5선 소장파'라고 비꼬듯 말하는 이들이 있지만, 실제로 새누리당에서 국회의원 다섯 번과 도지사를 하는 동안 나는 늘 '비주류'였고 '쇄신파'였다. 주류에 안주하지 못하는 것은 어쩌면 내 본성인지도 모른다. 옛날부터 나는 약간 반항아 기질이 있었다. 요즘 학교에서 선생님들이 학생들을 때리면 교육청에 투서가 들어가고 선생님들은 징계와 처벌을 받고 난리가 나겠지만, 내가 고등학교에 다닐 때만 해도 체벌 금지 같은 것은 상상도 하지 못했다. 반항아 기질이 있었던 내가 그 체벌을 피하지 못한 것은 당연한 일이다.

때문에 고등학교 2학년 때는 거의 날마다 담임선생님에게 맞았다. 하루에 서른 대씩은 맞은 것 같다. 아마도 고등학교 2학년 동안 만 대 가까이 맞고 나왔을 것이다. 이렇게 말하면 엄청나게 말썽쟁이였던 것으로 보일지 모르겠지만 매 맞은 이유는 사소한 것들이었다. 담임선생님은 항목 몇 가지를 정해놓고 그에 어긋나는 행동을 하면 때리곤 했는데, 그 항목이라는 것이 주로 교실에서 떠들지 말라, 학교에 늦게 오지 말라, 준비물 빼먹지 말라, 그런 것들이었다.

내가 반감을 가졌던 것은 늦게 오지 말라는 항목 같은 것이었다. 원래 등교 시간보다 더 일찍 오라고 시간을 정해두고, 그 시간 내에 오지 않으면 늦었다고 때리는 것이어서 번번이 그 항목을 어기곤 했다. 학생들을 일찍 불러서 그 시간에 공부를 시키거나 했으면 반감이 없었을 텐데, 학교에 일찍 가도 딱히 더 할 일이 없었기 때문이다. 그런 항목 하나를 위반할 때마다 다섯 대씩 때렸기 때문에 하루에 대여섯 개 위반하면 서른 대쯤 맞는 것은 다반사였다.

그것 말고도 엄청나게 맞은 기억이 또 있다. 영어 선생님 한 분이 수업 시간에 수업은 안 하고 설문조사를 했다. 첫날 이틀날은 몰랐는데 나중에 선생님이 석사논문을 쓰는 데 사용할 설문조사를 아이들 대상으로 한다는 소문이 돌았다. 나는 학생들 수업에 들어와서 수업은 안 하고 개인적인 이익을 도모한다는 것에 내심 분개했다. 그 선생님은 머리칼이 없으셨는데, 나는 못되게도 선생님이 시킨 것을 하고 돌아서면서 "반짝 반짝 작은 별……" 하고 노래를 불렀다. 나름대로의 반항이었다.

그때 선생님이 되돌아서서 "어떤 놈이야!" 하셨다. 순간 움찔해서 가만히 있었다. 그러자 선생님이 "노래 부른 녀석 안 나오면 전부 다 맞을 줄 알아!" 하셨다. 나는 벌떡 일어나서 천천히 걸어나갔다. 나 때문에 아무 잘못 없는 반 친구들이 맞게 할 수는 없었다.

그다음은 짐작대로였다. 선생님한테 엄청나게 맞았다. 아마 그

날이 중학교 때 뒷산에 가서 친구들에게 맞은 날 이후로 가장 많이 맞은 날이었을 것이다. 그런데 그렇게 맞으면서도 그다지 억울하지는 않았다. 내심 선생님 입장이 이해되기도 했고, 선생님의 개인적인 약점을 가지고 놀렸던 나 자신이 비겁했다고 느꼈던 것이다. 자신이 어쩔 수 없이 타고난 외모를 가지고 사람을 놀리는 것이야말로 악의적인 행동이다. 잘생기고 훤칠한 친구에게 못생겼다고 놀리면 농담이지만 정말로 못생긴 친구에게 못생겼다고 놀리면 그것은 비겁한 일이다. 나는 비겁한 짓을 했고 선생님의 매를 '맞아도 싸다'고 속으로 생각했다.

게다가 그 선생님은 평소 아이들에게 욕을 많이 먹는 악질 선생님도 아니었다. 오히려 평균 이상으로 착한 분이었다. 원래 착한 사람들, 많이 참는 사람들이 자제심을 잃고 폭발하면 더 무서운 법이다. 그날 선생님은 나를 '다소 부적절하게' 많이 때리셨다. 다분히 감정이 섞인 매질이었다. 얼마나 맞았던지, 그날 하굣길에 나는 부모님에게 내 얼굴을 보이지 않으려고 일찍 집에 가서 아픈 척하면서 방에 틀어박혀 잠을 잤다. 그리고 다음 날 아침에 일어나 아무렇지도 않은 척 학교에 갔다.

나는 그 사건이 꽤나 마음에 걸렸다. 그래서 방학 때 그 선생님 댁에 찾아가서 큰절을 드렸다. 내가 마음에 걸렸던 것처럼 선생님도 마음에 걸렸던지, 큰절을 했는데 선생님께서 나에게 "고맙다"고 하셨다. 그날 그렇게 때려놓고 오래도록 마음에 걸려서 괴로웠는데 이렇게 찾아와줘서 고맙다는 것이었다. 사실 윗사람이 아랫사람에게 '미안했다'고 인정하고 '고맙다'고 진심으로 말하는 것은 쉽지 않다. 그런 의미에서 많은 생각을 하게 했던 선생님이기에 나는 지금도 그분께 감사하고 있다.

고등학교 3학년 때 담임선생님은 소박한 분이셨다. 매일 서른 대 정도는 맞고 살았던 2학년 때와는 달리 우리를 때리지도 나무라지도 않으셨고, 그냥 검소하고 겸손하신 분이었다. 지금과 달리 당시 학교에는 촌지를 받는 선생님들이 꽤 있었는데, 늘 단벌 신사였던 선생님은 촌지도 안 받기로 유명하셨다. 그래서 우리는 졸업할 무렵 돈을 모아서 선물로 선생님 양복을 해드렸다. 그 선생님은 지금도 가끔 찾아가서 인사를 드리곤 한다. 몇 년 전에도 찾아뵈었는데 어느덧 연세가 꽤 드셔서 세월의 무상함을 느끼게 한다. 선생님 입장에서는 교복 입고 가방 들고 다니던 어린 학생들이 나이 오십 줄되어 인사를 드리러 오니 그것이 더 격세지감을 느끼게 하는 일일 테지만 말이다.

요즘 학교에는 참된 스승이 없다고 한다. 명절 때 삼삼오오 선생님 찾아다니며 인사드리던 풍습 역시 찾아보기 어려워진 지 오래다. 많이 맞고 많이 혼나면서 지냈지만 그래도 내 제자, 우리 선생님 하면서 정감을 나누던 시절이 참으로 그리워진다.

# 모범생들의 일탈,
# 담배, 술, 고고장

고등학교 때 친하게 지냈던 친구들은 학교에서 소위 '모범생'에 속했다. 물론 고고장으로 빠질 때도 있었지만 주로 독서실에 함께 다니며 공부를 했다. 우리가 다니던 독서실은 근처에 숲이 우거져 있고 인적이 드물었는데, 하루는 그 숲 속에서 불량 학생으로 소문난 학교 친구들이 불렀다. 돈을 뺏기거나 괴롭힘을 당할까 봐 조금 멈칫했지만 부르는데 안 갈 수는 없어서 들어가 보니 술병과 담뱃갑이 뒹굴고 있었다. 뜻밖에도 그 친구들은 공부 좀 해보려고 독서실에 왔는데 좀이 쑤셔서 못 앉아 있겠다며 우리에게 술이나 한잔 같이 하자고 했다.

우리 앞에 주어진 일탈의 기회에 나와 내 친구들은 마음이 솔깃해졌다. 나는 아무런 망설임 없이 그 친구들이 따라주는 술을 제일

십 대 시절의 나는 친구들과 어울리는 것을 무척 즐기는 개구쟁이였다.

먼저 받아 마신 다음 머리 위에서 빈 잔을 흔들어 보였다. 술을 권한 친구들이 박장대소를 했고, 나머지 친구들도 망설임 없이 동참했다. 누가 두 패거리들을 분류했는지 몰라도, 우리가 확인한 것은 우리가 같은 고민을 하고 같은 욕망을 가지고 있는 또래 친구에 지나지 않는다는 것이었다.

그 술자리를 계기로 친해진 우리는 '영일레븐'이라는 그럴싸한 이름의 모임을 만들었다. 당시 학생들 사이에서는 영화 〈써니〉에서처럼 친한 학생들끼리 소모임을 만들어서 함께 야유회나 음악다방도 가고 노래하면서 어울려 다니는 것이 유행이었다. 영일레븐은 다른 친구들이 보면 고개를 갸우뚱하는 이상한 조합처럼 보였지만 우리에게는 고민, 절망, 반항 등의 공통분모가 있었다. 자주 어울릴수록 우정이 깊어진 우리는 시간이 갈수록 닮아갔다. 앞에서 고백한 것처럼 중국집에서 옷을 갈아입고 고고장으로 몰려가곤 했고, 밤새 술을 마시면서 여러 가지 고민을 털어놓거나 토론을 벌이기도 했다.

담배를 배운 것도 그 친구들과 어울리면서부터다. 고등학생들에게 담배는 나도 너와 다르지 않다는 '동질감' 내지 '동료의식'이다. 담배를 피우는 친구들과 어울리려니 콜록거려가며 담배를 배우고, 그렇게 시작한 담배가 중독이 되고 습관이 되는 것은 참으로 무서운 일이다. 아주 쉽게 내 의지대로 시작하지만 내 의지로 끊어내기란 정말 어렵고 힘든 것이 담배다. 내가 고등학교 시절에 했던 꽤 많은 일탈 중에 지금 학생들에게는 하지 말라고 말리고 싶은 것이 바로 담배다.

부모님이 엄한 편이어서 나는 담배 피우는 것을 숨겨야 했다. 하긴 아무리 개방적인 부모라 하더라도 자식이 고등학생 때부터 담배 피우는 것을 찬성하는 부모는 없을 것이다. 그러던 어느 날 아버지에게 남배를 피우다 들켰다. 모범생인 줄 알았던 장남의 일탈 모습에 충격을 받은 아버지는 화를 내면서 나무랐고, 욱한 마음에 대꾸를 하고 대들다가 아버지에게 맞았다. 지금 생각하면 웃기고 어이없는 일이지만, 아버지가 나를 때리자 나는 그 길로 가출해버렸다.


요즘 청소년들은 가출하면 스마트폰으로 정보 검색부터 한다. 먹여주고 재워주는 아르바이트 자리를 찾거나 PC방 또는 찜질방에서 자거나 삼삼오오 모여 지낸다. 그러다 보면 돈이 필요해져서 쉽게 일탈 행위를 하고, 범죄의 대상이 되거나 범죄자가 되기도 해서 커다란 사회문제가 된다. 뉴스에서 어른들 뺨치는 청소년들의 범죄 행위를 접하는 것은 더 이상 놀랍지도 않을 정도다.

1980년대의 내 가출은 요즘과는 달라서 집을 나오기는 했지만 막상 나오니 갈 데가 없었다. 할 일도 없었다. 잠시 고민하던 나는 극장으로 향했다. 그때 조조할인을 하던 영화관에서 본 영화가 〈람보〉였다. 근육질 사나이인 실베스터 스탤론이 주연한 영화로,

월남전에서 제대한 그린베레 출신의 람보 역 실베스터 스탤론이 미국으로 돌아와서 사회 적응에 어려움을 겪다가 록키산맥의 마을로 전우를 찾아간다. 전우는 이미 죽었고 마을에서는 그를 쫓아내려고 체포해서 조사를 한다. 조사를 받던 중 포로수용소에서 고문받던 악몽이 살아난 람보는 경찰서에서 탈출하고, 산속으로 숨어들어 월남전에서 익힌 게릴라 전술로 경찰과 싸우는 내용이다. 그런데 그 영화가 너무 재미있어서 가출했다는 사실도 잊고 몰입해서 봤다.

그 영화관에서 동시 상영하는 제목도 처음 듣는 영화들까지 보고는 친구 집에 가서 하루 신세를 졌다. '어디 한번 해보자' 싶은 생각에 친구 집에서 한참 있다가 집에 돌아가려고 했는데, 할머니가 어서 돌아오라고 우시는 바람에 이틀 만에 항복하고 집으로 돌아왔다. 그때 부모님께서 사업하느라 바쁜 바람에 할머니가 함께 사시면서 나를 많이 키우셨다. 내가 잘한 것도 없는데 할머니까지 울릴 수는 없었다. 그래서 집으로 돌아왔는데 그다음부터는 아버지가 나를 때리지 않으셨다.

식구들을 깜짝 놀라게 하면서 고등학교 때부터 피웠던 담배를 끊은 것은 한참 뒤였다. 미국 유학 생활 도중에 중국에 몇 달 머무른 적이 있었다. 그때 중국산 짝퉁 담배를 피웠는데 가슴이 심각할 정도로 뻐근하고 아팠다. 금연해야겠다는 생각이 들어서 미국에 돌아오자마자 바로 담배를 끊었다. 하지만 간혹 담배가 아주 매혹적일 때가 있어서 완전히 안 피우지는 않았다.

비 오는 날 빈대떡을 먹으면서 막걸리를 마실 때나 술 한두 잔 마시고 얼큰해졌을 때 한두 개 피우고 싶은 충동이 생긴다. 담배를 한 달 정도 안 피우다가 다시 피우면 약간 어지러워지면서 온몸으로 니코틴이 쫙 퍼지는데, 그 느낌이 정말 지극적이어서 마치 마야 같다. 그 느낌 때문인지 집에서 부부 싸움을 하고 마음이 힘들거나 화날 때, 오랜만에 만난 친구와 술 잔뜩 마시고 옆 친구가 담배를 꺼내 물 때 "나도 하나 줘봐" 하면서 피울 때도 있었다. 이런 식으로 간혹 한두 개피 피우다가 8년 전쯤 완전히 끊었다.

함께 고민하고 음악 듣고 춤추면서 보냈던 그때 친구들과는 대학 시절에도 가끔씩 만나 즐겁게 지난날을 회상하곤 했다. 지금도 친하게 잘 지낸다. 사회의 각 자리에서 자신들의 역할을 열심히 하고 있기에 자주 만날 수는 없지만, 카카오톡 단체 채팅방에서 옛날이야기하며 즐겁게 대화를 나누곤 한다.

고등학교 친구들을 만나면 정말 재미있다. 한 이야기 또 하고 또 하면서 옛날이야기로 웃고 놀리면서, 지금 어디서 어떤 직업을 갖고 있던 상관없이 스스럼없이 지낸다. 미국에서 유학하고 있을 때 아버지가 돌아가셨는데, 급히 한국에 돌아와서 상을 치를 때 매일 밤을 새우며 함께해준 이들도 그때의 그 친구들이다.

학창 시절 친구들은 사회에 나와서 사귄 친구들과는 다르다. 오랫동안 연락 안 하고 있다가 만나도 어제 보고 또 만난 듯 반갑고 격의가 없다. 서로 못할 말도 없고 사회에서 만난 사람들에게는 말할 수 없는 비밀도 털어놓고 의논할 수 있다.

그뿐만이 아니다. 친구들과 매일 카카오톡으로 대화를 나누기 때문에, 이 친구들에게서 가려지지 않은 일반 국민들의 생각, 우리 또래들이 현실 생활에서 무엇을 느끼고 어떻게 생각하며 사는지를 들을 수 있다. 아무리 귀를 열고 사람들을 만나려고 해도 오랫동안 정치를 해왔기 때문에 가려지는 부분이 있기 마련인데, 학창 시절 친구들과 대화를 하면서 그 간극이 메워진다. 국민들의 정서를 날것 그대로 들려주는 것이다. 해가 갈수록 더욱더 소중하게 느껴지는 친구들의 존재가 새삼 고맙다.

## 실패도
## 자산이다

　친하게 어울려 다녔던 친구들이 대부분 각반 반장 부반장이었기 때문에, 우리가 공부 대신 노는 것에 재미를 붙였다는 것을 학교에서는 눈치채지 못했다. 놀러 다니면서도 나름대로 할 것 해가면서 어느 정도 성적을 유지했기 때문이다. 공부도 잘하고 리더십도 있어서 우리 중에서도 분위기를 주도하던 친구들은 서울대학교 입학은 당연한 것으로 다들 생각했다. 그런데 실은 고고장에 다니면서 춤을 추고 음악을 들으면서 낭만을 즐기고 다녔으니 내실 있을 리가 없었다.

　고등학교 3학년 때는 대학생 흉내를 내고 다녔다. 모임을 주도하던 친구들이 키도 크고 잘생겨서 대학생들이 봐도 고등학생일 것이라고는 생각하지 못했다. 그래서 고고장에 가면 대학생 누나들을 만나서 대학생이라고 거짓말하고 사귀기도 했다. 지금도 그 이야기를 하면서 놀리곤 한다.

나는 그때 난생처음으로 여자한테 뺨을 맞아봤다. 고고장에서 만난 대학생 누나에게 내가 가고 싶었던 학교인 연세대학교 학생인 것처럼 거짓말을 하고 만났는데, 실은 고 3이라고 양심 고백을 했던 것이다. 그 사건을 계기로 고고장에도 더 이상 가지 않고 술도 끊기로 결심을 하고, 나는 술자리에서 빠진 어느 날이었다. 친구들도 이제는 공부 열심히 하자고 결심하고 마지막으로 함께 술을 마셨는데, 웬 젊은 애들이 모여서 떠든다고 주민이 신고를 하는 바람에 경찰들한테 불려가서 맞았다. 그곳이 청와대 근처여서 다른 동네보다 경비가 삼엄했던 까닭에 벌어진 일이었다.

그랬던 친구들이 대부분 대학교에 진학을 했고 나는 재수를 했다. 그중 우리의 리더 격이었던 친구는 연세대학교 경제학과에 합격했다. 이 친구가 워낙 훤칠해서 대학에 가서도 응원단장이 되었다. 공부 잘하고 훤칠하게 잘생겼고 리더십도 있어서 우리는 그 친구가 위대한 리더가 되기를 바랐고 그렇게 될 것으로 믿어 의심치 않았다.

그런데 2학년 때 이 친구가 네 살 연상의 여자와 사랑에 빠지더니 결혼을 하겠다고 나섰다. 부모님들은 당연히 결사반대를 했다. 대학 2학년짜리가 결혼하겠다는데 순순히 찬성할 부모가 어디 있겠는가. 결국 두 사람은 집안에서 버림받고 살림을 시작하더니 이

이를 낳고 간신히 학업을 마쳤다. 그토록 요란하게 결혼했던 이 부부는 힘든 살림살이에 지지고 볶고 자주 싸우곤 했다. 우리는 여러 번 그럴 바에야 헤어지라고 했고, 본인들도 헤어지겠다는 대답을 몇 번이나 했는지 모른다. 그러면서 두 사람은 아직도 헤어지지 않고 여전히 투덕거리면서 잘 산다.

학창 시절부터 워낙 눈에 띄었던 친구였기 때문에 그의 평범한 삶은 우리를 다소 실망시키기도 했는데, 아이러니하게도 세월이 갈수록 나는 이 부부가 부럽다. 무엇보다 두 사람이 다투고 화해하면서도 헤어지려는 마음이 없다. 두 사람이 서로 좋아하고 신뢰하고 있는 것이 눈에 보인다. 나이가 들면 나처럼 헤어진 부부가 아니라 함께 삶을 유지하는 부부들도 대부분 서로 남녀 관계라기보다는 가족으로 살아간다. 부부가 결혼할 때는 사랑공동체로 시작하지만 살다보면 체면공동체가 되어 부부 중심이 아니라 아이들 중심으로, 가족공동체의 모습으로 살아가게 된다. 그런데 그 두 사람은 여전히 애증이 교차하는 사랑공동체를 유지하고 있는 것 같다.

고등학교 시절 친구들 모임은 성적으로 치면 전교에서 1~10등 하던 친구들 몇 명, 뒤에서 등수를 세는 게 빨랐던 친구들 몇 명이 섞여 있는데, 지금은 앞에서 등수 세던 친구나 뒤에서 등수 세던 친구들이 별 차이 없이 잘 산다. 주먹 쓰던 친구들도 예전 생각하면 웃음이 절로 나올 정도로 성실하게 열심히 잘 산다.

그러니 자녀들이 공부를 못 한다고 애탈 것도 없고, 공부 잘한다고 콧대 세울 것도 없다. 어떤 사물이나 현상을 바라볼 때 부정적인 시선보다는 긍정적인 시선으로 바라보도록 인성에 신경 써야 할 일이다. 행복은 그 사람이 어떤 현실에서 무엇을 갖고 있느냐에 달려 있는 것이 아니라, 자신이 가지고 있는 것을 얼마나 따뜻한 시선으로 바라보는가에 달려 있기 때문이다.

나 역시 그 당시로 보면 성공보다는 오히려 실패에 가까웠다. 친구들과 같이 어울려 놀다가 가고 싶었던 연세대학교 경영학과에 떨어지고 재수를 했다. 재수할 때는 나름대로 열심히 공부한다고 했는데도 학력고사 점수가 더 낮게 나와서 연세대학교 경영학과에서 떨어지고 2지망으로 간신히 사회복지학과(당시 학과명은 사회사업학과였으며 1995년에 사회복지학과로 개칭했다. 여기서는 독자의 이해를 돕기 위해 사회복지학과로 표기했다)에 합격했다.

재수는 종로학원에서 했다. 기억에 남는 것은 사투리다. 공부를 잘했는데 대학에 떨어진 학생들이 모이는 재수학원이었기 때문에 전국 각지에서 모인 학생들이 있었는데, 평소에는 사투리에 대해 별다른 생각이 없었다. 다들 열심히 공부하느라 서로 대화를 별로 하지 않았기 때문이다. 그런데 어느 날 해태 타이거즈와 삼성 라이온스가 야구 경기를 했다. 그 경기를 응원하다가 학생들 사이에 패싸움이 일어났는데 그야말로 전국 사투리 경연장이었다. 그때 처음으로 '지역감정이라는 게 이런 거구나' 하는 생각을 했다.

같이 재수하던 친구들 중에는 별로 기억나는 인물이 없다. 한 번에 대학에 합격하지 못해서 고등학생도 아니고 대학생도 아닌 어정쩡한 상태로 1년을 보내게 되었기 때문에, 실패를 만회하기 위해 공부를 열심히 하느라고 친구를 사귀지 않았다. 재수한다는 것이 당시에는 커다란 실패로 여겨지기도 하고 큰일이었는데, 지나고 보니 1년 재수한 것은 아무것도 아니었다.

나는 잃은 1년의 시간만큼 인생 공부를 했고, 아픈 만큼 성숙해졌다. 실패 경험은 굉장히 소중한 깨달음을 준다. 그래서 나는 실패가 아니라 실패 경험이라고 한다. 실패 때문에 무너지는 사람은 없다. 실패의 무게를 본인이 못 견디면 무너지는 것이다. 경험이라고 생각하고 지나가면 된다. 실패가 주는 무게에 눌리면 그때부터 정신적으로 힘들어진다. 경기도에서 하는 사업 중에 스타트업캠퍼스가 있다. 스타트업캠퍼스 대상자를 뽑을 때는 그래서 아이들에게 실패 경험을 묻는다. 세상을 바꿀 획기적인 아이디어가 있는지도 중요하지만 얼마나 실패해봤으며 그 실패에서 무엇을 배웠는지도 중요하기 때문이다.

# 막일을 해도
# 마음까지 막일꾼이어서는 안 돼

1984년 봄, 나는 연세대학교 사회복지학과에 진학했다. 다행히도 대학에는 제한된 한도 내에서지만 표현의 자유가 있었고, 불과 몇 년 만에 사복경찰들이 대학 캠퍼스를 휘젓고 다니던 모습에서 벗어나 어지간하면 대학 캠퍼스 내로 경찰이 들어오지 않았다. 정해진 교실에서 달달 외는 공부를 해오던 우리는 시간표 짜기와 강의실 찾기에 익숙해지느라 우왕좌왕했고, 친구들이나 선배들과의 담론을 통해 그동안 의심치 않고 믿어왔던 많은 가치관들을 깨트려야만 했다.

1학년 때는 혼돈과 방황의 시절이었던 것 같다. 비록 우리 이전의 학년보다 많이 자유로워졌다고 해도 시국은 여전히 어지러워서 1학년 때는 수업이 정상적으로 진행되지 않을 때가 많았다. 교정에는 온통 '독재 타도' 등의 문구가 들어간 플래카드와 대자보가 붙어 있었고, 사흘이 멀다 하고 최루가스 때문에 눈물 콧물을 흘리고 호흡곤란을 겪어야 했다. 그럼에도 불구하고 시간은 많아서, 나는 갑자기 주어진 시간과 자유를 누리기 위해 당구장이며 술집을 전전했다. 신촌 거리를 돌아다니며 소리를 질렀고, 가슴 두근거리며 미팅도 했다. 이화여대생들과 미팅을 하면서 나중에 내 아내가 될 여학생을 만났다. 나는 아니었지만 그녀는 그것이 첫 미팅이었고, 우리는 처음부터 상대에게 호감을 느꼈다.

예나 지금이나 돌아다니기를 좋아하는 나는 틈나는 대로 친구들과 함께 여행을 다녔다. 부모님 차를 빌려서 갈 때도 있었고 밤새 덜컹거리며 기차를 타고 가기도 했다. 지금은 찾아볼 수 없는 완행열차 비둘기호를 타고 동해바다를 찾기도 하고 서해안과 남해안의 갯벌을 찾기도 했다.

술 마시고 노래하고 춤을 춰봐도 가슴에는 하나 가득 슬픔뿐이네
무엇을 할 것인가 둘러보아도 보이는 건 모두가 돌아앉았네
자 떠나자 동해바다로 삼등 삼등 완행열차 기차를 타고

간밤에 꾸었던 꿈의 세계는 아침에 일어나면 잊히지만
그래도 생각나는 내 꿈 하나는 조그만 예쁜 고래 한 마리
자 떠나자 동해바다로 신화처럼 숨을 쉬는 고래 잡으러

> 우리들 사랑이 깨진다 해도 모든 것을 한꺼번에 잃는다 해도
>
> 우리들 가슴속에는 뚜렷이 있다 한 마리 예쁜 고래 하나가
>
> 자 떠나자 동해바다로 신화처럼 숨을 쉬는 고래 잡으러

바닷가 해변에서 밤새 술을 마시며 목이 터지도록 〈고래사냥〉을 부르면 막힌 가슴이 조금쯤 트이는 느낌이 들곤 했다. 특별한 목적지 없이 무턱대고 발길 닿는 대로 간 적도 많았는데, 전국 어느 바닷가에서든 공통적으로 만난 사람들은 바닷바람에 거칠어진 피부를 가진 시골 어른들이었다. 전라도 어느 바닷가 민박집에서 만난 육십 대로 보이는 주인아주머니는 알고 보니 오십 대 초반이었다. 내가 머무는 사흘 내내 그 민박집 아주머니는 새벽엔 항구에 나가 고깃배에서 물고기를 다듬었고, 낮에는 밭에서 농사일을 했으며, 날이 저물 무렵에는 나가서 그물을 손질했다. 그 고된 하루가 그녀를 도시 여인네들보다 10년 이상 더 늙어 보이게 만들었을 터였다.

이렇게 수많은 여행을 다니면서 나는 대학 1학년과 2학년 시기를 보냈다. 나는 배낭을 쌀 때면 항상 시사잡지를 챙겨서 틈나는 대로 읽었다. 물론 여행만 다닌 것은 아니었다. 성적이 우수한 편이어서 성적장학금을 받을 수 있었지만 경제적으로 어려운 학생에게 양보했고, 아버지가 학자금은 두말없이 대주셨지만 용돈에는 인색했기 때문에 이런저런 아르바이트를 하면서 용돈을 조달했다. 나는 그 사실을 아버지께 참으로 감사하고 있다. 그때 나는 과외지

도, 건축 현장 잡부, 주차원 등 여러 가지 아르바이트를 하면서 많은 사람들을 만나고 세상을 배웠다.

일할 수 있는 건축 현장을 찾아 헤매던 어느 8월, 나는 노가다판에서 잔뼈가 굵은 열 살 연상의 동행과 함께 일자리를 찾아 가도 가도 끝이 보이지 않는 벌판을 사흘 동안 헤맨 적이 있었다. 눅눅하고 더운 8월에 배낭을 메고 걷고 또 걷던 그 벌판길은 아직도 가끔 내 꿈에 등장한다. 날은 덥고 습해서 숨이 턱턱 막히고 발걸음은 무겁고, 나중에는 말할 기운도 나지 않았다. 그때 함께 걷던 동행이 나에게 말했다.

"우리가 지금 비록 막일을 하더라도 마음까지 막일꾼이어서는 안 돼."

묘한 울림이 있는 말이었고 오랜 시간이 지났을 때까지도 곱씹을수록 힘이 되는 말이었다.

나는 그렇게 방황하고 여행하고 아르바이트를 하면서 이십 대 초반에 인생을 배웠다.

## 스무 살 청춘에게
## 당부하는 말

    30여 년의 세월이 흘러 오십 대가 된 지금, 얼마 전에 누군가가 나에게 물었다.

"인생의 어느 한 시기로 돌아가서 다시 살 수 있다면 몇 살로 돌아가고 싶으세요? 그 시절로 돌아간다면 무엇을 하고 싶은가요?"

나는 이 질문을 듣고 잠시 생각에 잠겼다. 달콤한 질문이었다.

세상에 시간처럼 가혹한 것이 있을까? 우리가 무엇을 하면서 시간을 보내건, 설사 그것이 잠시 한눈을 파는 짧은 시간일지라도 우리 곁을 스쳐간 시간은 결코 다시 돌아오지 않으니 말이다.

요즘 내가 시간을 거스르는 방법은 딱 하나밖에 없다. 나는 가끔 내 나이를 하루 24시간으로 환산해보곤 한다. 내가 일흔여덟 살까지 산다고 가정하면 쉰두 살의 나는 하루 중 오후 4시쯤을 지나가고 있는 셈이다. 오후 4시라고 생각하면 왠지 서글퍼진다. 무언가를 새로 시작하기에는 늦은 시간처럼 생각될 뿐만 아니라 곧 날이 어두워지고 일할 시간은 얼마 남지 않았다는 초조함이 생기는 것이다. 하지만 100세 시대인 만큼 104세로 수명을 마음대로 늘려보면, 나의 하루 시계는 정오가 된다. 아침은 아니지만 무엇이든 새로 시작해볼 만한 시간이다. 그러면 기분이 좋아지고 활력이 생긴다.

내가 내 나이와 시간을 변화시킬 수 있는 것은 고작 이런 정도다. 하지만 기적이 일어나서 정말 내 인생 어느 시기를 다시 한 번 살 수 있다면? 나는 망설임 없이 스무 살로 돌아가고 싶다. 다시 그 시절로 돌아간다면 엉뚱하게도 영어 공부를 좀 더 하고 싶다. 그때 했던 행동들을 후회하지 않으니 그대로 살되, 다만 영어를 좀 더 완벽하게 공부해서 문법뿐만 아니라 듣기와 말하기까지 완벽하게 익히고 싶다.

예일대학교 MBA 과정에 입학할 때 영어 때문에 1년 어학연수를 했어야 했고, 나이가 들어 영어를 배우는 것이 결코 쉽지 않았기 때문이다. 모든 일에는 적절한 시기가 있다. 나이 들어서 영어 공부를 하려니 이전에 공부했던 것들을 자꾸 잊어버려서 힘들었다. 그러니 한 살이라도 더 어릴 때, 언어 습득이 쉬울 때 영어뿐만 아니라 중국어, 가능하다면 더 다양한 언어를 배우고 싶다.

물론 그 시절로 되돌아가고 싶은 이유가 공부뿐만은 아니다. 짬짬이 작은 배낭을 메고 여행을 더 다니고 싶다. 그리고 지금처럼 매일 아침 명상하면서 내 자신을 들여다보고 운동하면서 하루하루를 보낼 것이다.

나이를 먹으면 근육이 굳어져서 운동하기도 힘들 뿐만 아니라, 운동을 게을리해서 근육이 굳어지면 나중에 노력해도 회복이 잘 되지 않는다. 젊었을 때 꾸준히 운동을 해서 근육이 굳고 유연성이 떨어지지 않도록 해야 한다. 그런데 내가 젊었을 때는 매일 운동하는 것이 중요하다는 사실을 몰랐다. 정신적인 유연성을 유지하기 위해서 명상을 하고, 신체적인 유연성을 유지하기 위해서 운동을 해야 한다.

젊었을 때 명상을 하는 것이 중요한 이유는 실패에 대한 두려움을 줄여주기 때문이다. 실패하고도 다시 툭툭 털고 일어서는 것은 젊은 사람의 특권이다. 넘어져본 사람이 일어날 줄도 안다고 했던가. 명상을 통해 내면의 힘을 기르면 자신이 실패한 것을 다른 사람들이 어떻게 생각할까 두려워하고 무너지지 않을 수 있다.

실패는 정신적인 어려움이다. 사람이 정신적으로 피폐해지면 육체적으로도 피폐해진다. 정신적인 어려움을 명상으로 이겨내듯, 육체적인 어려움은 운동으로 이겨내야 한다. 우리의 육체는 외부로부터의 사고나 병마로부터 항상 공격을 받는다. 그것을 이겨내는 길은 꾸준한 단련이다. 정신과 육체를 단련하는 일은 한 살이라도 더 어렸을 때 할수록 효과도 크고 오래 지속된다. 나이가 들면 노력 대비 효과도 적을 뿐만 아니라 좀 더 젊었을 때 할 걸 하고 후회하게 된다.

　그리고 젊었을 때 최대한 여행을 하라. 국내에도 가볼 만한 데가 많으며, 외국에는 더욱 가볼 만한 곳이 많다. 세계는 넓고 여행할 곳은 많다. 당부하고 싶은 것은 여행할 때는 되도록 걸어서 하라는 것이다. 차를 타고 다니면 휙휙 지나가버리지만 걸어 다니면 사람들이 보이고, 사연이 보이고, 작은 꽃들의 아름다움이 보인다. 마음의 문을 열고 여행을 하면 세상은 참으로 많은 것을 당신에게 알려줄 것이다.

　되돌아가고 싶다는 욕망이 열 번 백 번 간절하더라도 다시 한 번 스무 살을 살아갈 기회는 주어지지 않을 것이다. 그러니 스무 살 젊은이들이여, 그 시절을 한껏 누리길 바란다. 매일 아침 명상하면서 정신의 근력을 키우고, 매일 아침 운동하면서 육체의 근력을 키우고, 매일 열심히 공부하길. 그렇게 지내지 않으면 어쩌면 당신도 나이 오십쯤 되어서 스무 살 그 푸릇푸릇하던, 무엇이든지 가능하던 시절을 애절하게 그리워하게 될지도 모른다.

## 나는 너를 보면
## 부끄럽다

　　그 시절 나는 지금까지도 친하게 지내는 한 친구를 만났다. 바로 가수 안치환이다. 늘 청바지에 티셔츠를 입던 그는 나와 같은 대학 같은 학과 같은 학번이어서, 그를 처음 본 것은 신입생 오리엔테이션 때였다. 장기자랑 시간에 처음 그의 노래를 들었는데, 영혼을 사로잡는 듯한 그 목소리에 나는 그만 단번에 사로잡히고 말았다. 내가 당구장과 술집을 전전하는 동안 그는 노래 서클에 들어갔고 운동권 가요의 선두 주자가 되었다. 그는 시대의 모순에 분노하고 그 분노를 노래를 통해 풀어내고 있었다.

　1학년 5월 축제가 끝나자 나는 친구들과 교정 잔디밭에서 술을 마셨는데, 그 자리에 안치환이 합석을 했다. 그날 처음으로 이야기를 나누면서 그의 고향이 수원 옆 화성이라는 것을 알았고, 우리

둘은 서로 반가워하며 밤새 술잔을 들고 대화를 나누었다.

그 이후로도 함께 간 MT 등에서 그와 이야기를 나누면서 나는 시대와 상황에 대해 많이 알게 되었고 여러 가지 생각을 했다. 대화를 나누다가 술기운이 오르면 그는 가끔 내 이름을 부르며 한참 동안 바라보다가 혼잣말처럼 민중과 시대에 대한 자신의 생각을 중얼거리곤 했다.

대학 2학년 때였을 것이다. 하루는 그가 "내 보잘것없는 노래가 고통받는 민중에게 힘이 되었으면 좋겠어"라고 말했다. 그 말을 듣자 나는 "치환아, 난 너를 보면 부끄럽다"라고 자백했다. 그러자 그는 나를 한참 동안 바라보더니 "사실은 나도 부끄럽다. 민중을 사랑한다면 그들의 삶 속으로 뛰어들어야 하는데 난 여기 앉아 기타줄이나 튕기며 노래를 부르고 있어. 누굴 위해 노래를 부르는 것일까"라고 말했다. 그렇게 나지막하게 말한 그는 굵은 눈물을 흘렸고, 나는 어둠 속에서도 반짝 빛나며 흘러내리는 그의 눈물을 보았다. 내 눈에도 이슬이 맺혔다. "나도 부끄럽다"던 그의 말을 나는 오랫동안 잊지 못했다.

나는 2016년 촛불집회 현장에서 수십만 촛불을 앞에 두고 노래하는 그를 보면서 그날을 떠올렸다. 그는 30년 넘도록 변함없이 자기 자리를 지키고 있었고, 그의 노래는 사랑하는 조국을 바꿔보려고 노력하는 젊은이들의 시위 때마다 그들의 가슴에 불을 지펴왔다. 〈솔아 푸르른 솔아〉를 비롯한 그의 많은 노래들이 대학 1, 2학년 시절에 작곡된 것들이다.

　대학 3학년 때부터 나는 유학을 준비하기 시작했다. 영어 공부를 하면서 유학에 필요한 준비를 했고, 학점에도 신경을 써서 거의 모든 수강 과목에서 A를 받았다. 그렇게 1987년 초여름을 맞이했다. 매일 시위가 일어나다시피 했지만 나는 여전히 대학 도서관에 앉아 공부를 하고 있었다. 갑자기 조용하던 도서관 문이 벌컥 열리더니 머리에 붉은 띠를 두른 학생이 뛰어들었다. 나는 시위대에 참가하면 부자의 연을 끊겠다던 단호한 아버지의 음성이 떠올랐지만, 가방을 챙겨 도서관을 나왔다.

　집회장에 도착한 나는 노래를 부르며 스크럼을 짜고 있는 대열에 합류하지 않고 약간 옆쪽에서 대열을 따라 걸었다. 교문에는 이미 방패를 든 전경들이 삼엄한 방어막을 치고 있었고, 투석전이 시작되자마자 페퍼포그 차에서 직격탄이 날아오기 시작했다. 학생들은 화염병으로 응수했고, 나는 대열의 한쪽에서 돌을 던지며 투석전에 합류했다. 최루탄을 피하며 돌을 쥐고 달려나가려던 순간, 교련복 바지를 입은 한 학우가 피를 흘리며 쓰러졌다. 직격탄을 맞고 피를 흘리며 뒤쪽으로 옮겨진 그 학생이 바로 경영학과 2학년 후배인 이한열 군이었다. 병원으로 옮겨져 27일간 의식불명 상태로 버티던 그는 끝내 사망했다. 그다음 날 열린 6·10 대회에는 나도 마치 전쟁터 같은 거리로 달려나갔다. 이한열 군의 죽음에 학교는 물론 온 나라가 술렁거렸고, 그의 죽음을 헛되이 하지 않기 위해 학생들은 물론 교수들까지도 들고 일어났다.

박종철 고문치사 사건이 일어난 지 얼마 지나지 않아 발생한 이한열 군 사망 사건으로 전 국민이 분노하며 들고 일어났다. 전국 33개 도시에서 하루 100만여 명이 시위를 벌이면서 6월 항쟁이 정점에 이르렀고, 마침내 전두환 전 대통령은 시국을 수습하고자 6·29 선언을 통해 대통령 선거 직선제 개헌을 발표했다.

나는 1987년 6월을 보내면서 '민주주의는 피를 먹고 자라는 나무'라는 말을 실감했고, 풀뿌리처럼 보잘것없어 보이는 민중이 한꺼번에 들고 일어나면 얼마나 무서운 힘을 발휘하는지를 깨달았다. 그리고 2016년 겨울, 나는 촛불집회를 보면서 그때의 6월을 다시 떠올린다. 세계가 깜짝 놀랄 정도의 성숙한 집회이며 경찰들과의 싸움도 최루탄도 없는 평화집회지만, 국민들이 들고 일어설 때 그 힘이 얼마나 크고 엄중한지를 다시 한번 절실히 깨닫고 있다.

그리고 내가 사랑하는 친구 안치환은 30년의 세월을 뛰어넘어 여전히 사람들의 마음을 뒤흔들며 저 앞에서 노래를 하고 있다. 변하지 않는 그의 노래와 마음처럼, 나 역시 이 촛불집회의 의미를 내가 살아 있는 한 가슴속에 뜨겁게 간직할 것이다.

# 사회복지학과에서
# 배운 것들

사회복지학은 경영학을 공부하고 싶었던 내가 성적 때문에 차선책으로 선택했던 전공이었다. 하지만 어쩌면 국회의원이나 도지사로 일하려면 반드시 거쳐야만 했던 코스가 아니었나 하는 생각이 든다. 사회복지학 개론을 위주로 공부하던 1, 2학년 때와 달리 3학년이 되자 현장학습이 시작되었다. 사회복지학과인만큼 우리의 현장은 사회복지기관이었고, 나는 입양아들의 현실을 알고 싶어서 홀트아동복지회로 실습을 나갔다.

입양기관으로만 연상되는 홀트아동복지회는 장애인들을 위한 복지사업도 하고 있어서, 나는 그곳에서 처음으로 장애인들을 만났다. 부모가 포기한 장애아들은 누군가 보살펴주지 않으면 살 수 없는 상황이었고, 정상아들은 대부분 미혼모가 낳은 아이들이었다. 이곳 아이들 대부분은 외국으로 입양되어 나갔고, 국내 입양은 1%도 채 되지 않았다. 특히 장애아의 경우 국내 입양은 거의 이루어지지 않고 있었다.

다행히도 30여 년이 지난 지금, 양육보조금 지급과 인식 개선 노력 등 끊임없는 정부의 노력으로 국내 입양 비율이 상당히 높아져 고아수출국 1위라는 불명예스런 왕관을 벗었다. 보건복지부의 입양 관련 통계에 의하면 2015년의 경우 1,057명의 고아들이 입양되었는데, 그중 국내 입양이 683명 해외 입양이 374명이었다고 한다.

비율로는 상당히 호전되었지만 지금도 장애아에 대한 편견은 여전한 것 같다. 아동의 건강 상태를 보면 국내 입양은 양호한 편이 2013년 95.8%, 2014년 96.4%, 2015년 96.5%로 건강하지 않은 아동은 거의 입양을 하지 않고 있다. 하지만 해외 입양의 경우 양호한 편이 2013년 75%, 2014년 68.8%, 2015년 73.5%라고 한다. 장애아의 경우 대부분 해외로 입양되어 나가는 셈이다. 얼마나 가슴 아프고 부끄러운 우리의 자화상인가.

3학년 때 몇몇 대학 사회복지학과 학생들과 함께 이화여자대학교 사회복지관에서 운영하는 자원봉사 활동에 참여했다가 나는 '가난하다는 것'의 실체를 적나라하게 목격했다. 청소년 문제를 깊이 있게 조명하기 위해 사회복지학과 학생들이 한 가정을 도맡아 장기간 학습을 지도하면서 관찰하고 연구하는 현장학습이었는데, 나는 초등학교 3학년 여자아이를 맡았다.

그 아이가 살던 곳은 아현동 산동네로 다 쓰러져가는 집들이 다 닥닥닥 붙어 있는 판자촌이었다. 나는 그동안 연세대학교와 이화여자대학교 옆에 이런 동네가 있다는 사실도 모르고 있었다. 아이의 집은 한참 올라가야 했는데, 대문도 없이 곳곳에 금이 간 시멘트 집은 '이런 곳에도 사람이 살 수 있나'라는 생각이 들 정도였다.

주거환경보다도 더 난감한 것은 아이의 생활환경이었다. 아이의 부모는 내가 방 안에서 아이와 공부를 하고 있어도 신경 쓰지 않고 서로 욕하고 악을 쓰며 싸움을 했다. 나는 너무 충격을 받았는데, 그것이 일상이었던 아이는 무표정하기만 했다. 그 아이 앞에서 나는 여행 다니며 고민을 나눈답시고 술잔을 기울이던 내 근심 걱정 없던 삶이 한없이 부끄러웠다. 미안하고 안타까웠지만 당시 내가 실질적으로 해줄 수 있는 것이라고는 아이를 진정으로 이해하려고 노력하는 것뿐이었다.

1년이라는 꽤 긴 시간 동안 그 아이의 집을 방문했는데, 6개월이 넘어서야 마음을 열고 내 앞에서 말문을 연 그 아이는 마지막 날 나를 꼭 껴안고 울었다. 나도 울었다. 아직도 나는 가끔 그 아이 소식이 궁금해진다. 흙수저니 금수저니 자조하는 젊은이들이 늘어나고 빈부 격차도 심해져서 노력만으로는 도저히 잘살 수 없다고 너나없이 자조하는 지금, 사십 대에 접어들었을 그 아이는 지긋지긋한 가난의 굴레에서 벗어나 어디선가 잘살고 있을까?

찢어지게 가난한 삶을 생생하게 들여다본 나는 이후 술도 덜 마시고 바른 생활 태도를 기르려고 노력했다. 모두가 행복하게 잘살수 있는 토대를 만드는 것이야말로 사회복지정책의 나아갈 길임을 배웠고, 우리나라 사회복지정책에 대해 깊이 생각하면서 바람직한 방법이 무엇인지를 고민했다. 그때의 경험은 지금까지도 살아남아 경기도정의 사회복지정책에 어느 정도 영향을 주고 있다. 나에게는 어쩌면 그것이 끝까지 책임시지 못했던 그 소녀에 대한 부채감을 조금이라도 더는, 나 자신과의 타협안인지도 모르겠다.

# 기자로
## 산다는 것은

졸업 후 유학을 가려고 준비했던 나는 막상 대학을 졸업한 1988년 가을학기에 유학 대신 야간학부로 개설돼 있던 연세대학교 경영대학원에 진학했다. 유학 가기 전에 군 복무를 먼저 마치려고 받은 병역판정 신체검사에서 만곡성비염증으로 방위병 복무 판정을 받았기 때문에 저녁 시간을 활용해서 공부를 더 해볼 계획이었다.

이듬해 2월 예비군훈련대인 육군 51사단 168연대에서 군 복무를 시작했고, 그해 11월에는 결혼까지 했다. 낮에는 군 복무를 하고 밤에는 대학원에 다니는 것은 쉬운 일이 아니었다. 1년간 서울과 수원을 오가며 공부하다가 결국은 포기했다.

군 복무를 마치고 나서 나는 유학 대신 〈경인일보〉 기자 생활을

대학 졸업식에서 어머니께 학사모를 씌워드린 순간이 지금까지도 잊히지 않는다.

선택했다. 유학을 갈까 국내에서 다른 길을 찾을까 고민하던 나에게 당시 〈경인일보〉 명예회장이었던 아버지가 기자로 일해보는 건 어떠냐고 권하셨기 때문이다.

당시 아버지는 국회의원 선거에서 한 번 낙선하신 상태였고, 나는 내심 〈경인일보〉 기자로 일하는 것이 미력하게나마 아버지에게 도움이 되리라고 생각했다. 4개월쯤 후에 입사시험이 있었다. 나는 기자가 되기 위해 시험 준비를 열심히 했다. 명예회장의 아들이었기 때문에 낙하산 인사라는 말을 듣고 싶지 않았고, 아버지 역시 실력으로 인정받아야 한다고 당부하셨다.

대학 3학년 때부터 유학을 준비해왔기 때문에 영어 공부는 수월했다. 국어와 상식 등 언론고시에 필요한 책들을 사서 아내와 함께 강원도로 가서 열심히 공부했고, 1990년 11월에는 드디어 수습기자가 될 수 있었다. 〈경인일보〉는 수원 팔달구의 경기도문화예술회관 옆에 있는 3층짜리 벽돌 건물에 위치해 있었다.

수습 기간은 6개월이었고, 별 보고 출근해서 별 보면서 퇴근하는 나날의 연속이었다. 파출소와 병원 영안실을 체크하고 경찰서에서 간밤에 일어난 일들을 확인해서 선배에게 보고한 후 퇴근하면 새벽 3시였다. 그 와중에도 저녁마다 술자리가 있어서 수습기자들은 꼼짝없이 적어도 11시까지는 술자리에 참석해야 했다.

이런 생활이 날마다 계속되니 얼마나 피곤이 쌓였던지, 수습기자가 된 지 한 달 만에 몸무게가 5킬로그램이나 빠졌다. 내 인생에서 가장 피곤하게 살았던 때가 바로 그때다. 그나마 입사 동기들이 있어서 버틸 수 있었다. 우리끼리 "가장 진보적이고 민주적이어야 할 언론사에서 이런 구태를 답습해서야 말이 되느냐"면서 선배들을 비판하곤 했다. 하지만 실제 기자 생활을 할 때는 힘들고 치열하게 보냈던 수습 시절이 큰 도움이 되었다. 선배들도 같은 경험을 했기에 아마도 후배들을 그렇게 교육시켰을 것이다.

수습기자 생활을 하는 동안 양평 일가족 살해 사건, 화성 연쇄살인 사건 등의 대형 사건들이 연달아 터졌다. 화성 연쇄살인 사건이 터졌을 때는 선배들과 함께 현장을 취재하느라 밤잠을 설쳤다. 그 시절에 첫째를 낳고 아버지가 되었는데, 매일같이 늦게 들어가느라 아빠로서의 역할을 못 했다. 힘들지 않은 직업이 어디 있을까마는 기자라는 직업은 목숨이 위험해지더라도 역사의 현장을 독자들에게 그대로 전해야 하는 사명감을 가지고 사적인 삶은 어느 정도 포기해야만 하는 직업이었다.

길다면 길고 짧다면 짧은 기자 생활 중 가장 기억에 남는 것은 화성 연쇄살인 사건이다. 수습기자임에도 불구하고 처음으로 기명 기사를 썼고, 그 과정에서 언론과 윤리에 관해 깊은 생각을 할 수 있었기 때문이다. 나와 선배들이 어떤 용의자의 신원을 파악한 뒤 사회면 속보기사를 썼는데, 나중에 무혐의로 풀려났음에도 불구하고 사람들이 수군거리며 따돌려서 결국 그의 가족들이 다른 곳으로 이사를 간 일이 있었다.

나중에 그 사실을 알고 나는 많은 가책을 느꼈다. 알려야 한다는 논리로 언론이 개인에게 횡포를 부린 셈이었기 때문이다. 이름을 밝히지 않았어도 주민들은 물론 인근에서도 누가 용의자인지 쉽게 눈치를 챘고, 용의자 꼬리표는 결국 그 가정을 불행하게 만들었다. 용의자 선상에 올랐다는 이유만으로 무조건 기사화해서 뉴스거리를 만드는 언론에 분노했고, 그 분노는 나를 향한 것이기도 했다. 한 사람의 인생을 송두리째 망가트릴 수도 있는 것이 언론이기 때문에 기사를 쓸 때는 신중하고 또 신중해야 한다는 사실을 깨달았다.

이후 정치인이 되어 나에 관한 기사가 매일 언론에 실리는 입장이 되고 보니 가끔 그 시절이 생각난다. 나 역시 언론의 횡포에서 벗어나지 못할 때가 많았다. 때로는 억울하고 때로는 분노했고 때로는 할 말이 없을 만큼 국민들에게 죄송해서 고개를 숙여야 했다. 특히 몇 년 전 이혼과 큰아이의 군대 내 폭행 문제 때문에 언론의 집중 포화를 받았고, 사실과는 다소 거리가 있어 억울한 느낌이 드는 기사도 많았다. 그때마다 나는 화성 연쇄살인 사건의 그 용의자를 생각한다. 적어도 나는 그 사람보다는 덜 억울하지 않은가. 이혼한 것도 사실이고 아들이 잘못을 한 것도 사실이니 말이다. 다만 앞으로는 그런 일로 언론에 오르내릴 일이 없기만을 간절히 바랄 뿐이다.

신문기자로서의 내 삶은 그리 길지 않았다. 하지만 그 시간 동안 나는 많은 것을 보고 느꼈다. 사람이 사람답게 살 수 있는 세상은 쉽게 되는 것이 아니었고, 모르는 것은 죄가 아니라고 하지만 기자의 무지는 엄청난 죄악이 될 수도 있었다. 특히 정치나 경제 관련 기사를 쓰는 기자들은 지금 일어나는 현상들을 지켜보고 기록하고 그 의미를 분석하며 미래를 전망하는 일까지 잘해내야 한다.

왜곡된 기사는 독자들의 사고를 왜곡시킨다. 사람들의 의식을 조종하는 것, 그것은 실로 무서운 일이다. 따라서 진짜 훌륭한 기자는 마음과 의식이 모든 가능성에 대해 열려 있어야 한다. 사람들이 말하거나 원하는 대로 보고 믿는 것이 아니라 실체적 진실을 바라볼 수 있는 눈을 길러야 한다.

기자는 마치 자연 다큐멘터리를 찍는 카메라맨처럼 자신의 욕구와 감정을 절제할 수 있어야 한다. 사자가 어린 소를 잡아먹을 때 그 소를 구해내는 것이 아니라 그 과정을 그대로 카메라에 담아내는 것처럼, 사회의 다양한 모습을 그대로 기록해야 한다. 헐린 집 앞에서 통곡하는 할머니, 죽은 아기를 안고 우는 어머니, 몸에 불을 붙이고 민주화를 외치는 대학생, 경찰의 출동에 허겁지겁 보따리를 챙기며 달리는 노점상…… 그 모든 것을 눈을 부릅뜨고 지켜봐야 한다. 살해된 시체의 모습이 아무리 처참해도 기자는 고개를 돌릴 권리가 없다. 있는 그대로의 사실을 확인하고 기사를 쓰고 나서야 아픈 사람들을 기억하며 눈물을 흘리는 게 기자의 숙명이다.

# 어학연수
더 하고 오세요

    기자로서의 사명감과 의식을 배워가면서 혹독한 수습 시절을 마쳤지만 나는 기자 생활을 오래 하지 못했다. 일상의 치열함 속에 함몰해버리는 것은 나를 불안하게 했고, 다시 유학을 생각하게 했다. 결국 기자 생활 2년 만에 사표를 내고 본격적인 유학 준비를 시작했다. 하지만 기자라는 직업은 여전히 매력적이었으므로 유학 후 〈경인일보〉로 복귀할 생각이었다.

  5개월 동안 새벽 5시부터 밤 11시까지 토플과 GMAT 책들을 공부했다. 뚜렷한 목적이 있었기에 공부가 재미있었고, 재미있으니 효율적이었다. GMAT 시험을 쳐서 690점을 받았고, 미국 동부의 명문 예일대학교 MBA에 지원했다. 〈경인일보〉 경영을 염두에 두고 있던 내게 예일대학교가 비영리재단이나 공공기관 등의 마케팅,

고용전략, 경영전략 등을 체계적으로 공부하기에 좋은 조건이었기 때문이다.

1993년 8월, 마침내 예일대학교에서 연락이 왔다. 서둘러 예일대학교로 찾아가 입학허가 담당자를 만난 자리에서 나는 눈앞이 캄캄해지고 말았다. GMAT 690점을 받고 자신만만했는데 면접관 앞에서 입이 떨어지지 않았다. 면접관은 영어 공부를 1년 더 하고 오라고 했다. 면접관은 언어 능력이 부족하면 졸업이 어렵다면서 영어 공부를 할 수 있는 보스턴 근교의 한국인 없는 학교를 소개해 주었다.

어학연수를 하고 오라는 면접관의 권유에 따라 1993년 10월부터 다음해 4월까지 6개월간의 연수를 마치고 나자 의사소통에 어느 정도 자신이 생겼다. 그러자 나는 나머지 6개월을 어학연수를 하며 보내기보다는 여행하는 쪽을 선택했다. 배낭에 치약과 비누, 수건과 카메라, 약간의 돈을 챙겨서 출발했다. 보스턴을 시작으로 뉴욕, 필라델피아, 로키산맥, 유타주, 라스베이거스, LA, 시애틀, 시카고, 나이아가라, 뉴헤이븐에 이르기까지 미국 전역에서 네다섯 개 주를 빼놓고는 전부 돌아다녔다.

긴 여행이었던 만큼 얻은 것이 많았다. 로키산맥의 높은 봉우리들은 6월에도 한겨울처럼 추운데 산 아래는 햇볕이 뜨거웠기 때문에 나는 멋모르고 산을 오르기 시작했다. 해발 3,500미터쯤 올라가면 산은 눈에 덮이고 영하 20도 이하의 강추위가 극성을 부린다.

두꺼운 옷 없이 올라갔던 나는 산 위에서 칼날 같은 바람과 강추위 때문에 덜덜 떨어야 했다.

로키산맥의 추위에서 벗어나 옐로스톤 화산지대에 가자 사방에서 땅이 죽 끓듯 하면서 여기저기서 고온의 수증기가 올라왔다. 눈앞을 가늠할 수 없을 정도의 뿌연 수증기 때문에 이리저리 헤매다가 가까스로 공기가 제법 신선한 곳을 찾았다. 고목 아래 자리를 잡은 나는 우연히 발견한 아름다운 수석을 욕심내어 캐려다가 느닷없이 몰려든 졸음을 이기지 못하고 잠이 들었는데, 그냥 잠이 아니라 3시간가량 가위에 눌려 고생하다가 간신히 일어났다. 끝내 정신을 차리지 못했다면 아마 죽었을지도 모른다.

그런가 하면 여행 친구를 만나서 함께 낚시를 하기도 했다. 낚시를 즐기는 사람들 대부분이 인조 미끼를 사용했고 잡은 고기를 다시 놓아주었다. 미국에서는 바다낚시만 자유롭게 잡을 수 있고 다른 데서 잡은 고기는 세 마리 이상 가지고 돌아올 수도 없을 뿐더러 자연보호를 위한 세금을 내야 한다고 했다. 미국은 자연보호에 있어서도 고개가 절로 끄덕여질 만큼 합리적인 나라였다.

며칠 함께 지냈던 동행이 어느 날, 자신은 다른 곳으로 가봐야 한다며 서둘러 떠났다. 그런데 그가 떠난 후에 보니 지갑이 없었다. 그를 의심하고 싶지는 않았기 때문에 잊어버리기로 했다. 하지만 돈이 없으니 무턱대고 걸을 수밖에 없었고, 한참을 걷기만 하자 배가 너무 고팠다. 도움을 청하고 싶어도 주변에 아무것도 없었다.

한나절을 걸어가자 겨우 집 몇 채가 있는 고요한 마을이 나타났다. 장미넝쿨 담장이 있는 첫 번째 집의 문을 두드리자 나이 지긋한 아주머니가 문을 열어주었다. 그 아주머니의 친절한 미소에 힘입어 한국에서 유학 온 학생이라고 소개하고 여행 중에 지갑을 잃어버렸다고 했다. 그러자 그분은 친절하게도 "몹시 배고프겠다"면서 부엌으로 불러들여 빵과 음료수, 집까지 무사히 갈 수 있는 약간의 돈까지 주었다. 우리나라 시골에서도 요즘은 찾아보기 힘들 정도의 인정이었다. 그분 덕분에 나는 미국인들이 아주 친절하다는 생각을 갖게 되었다.

나는 긴 일정 동안 미국 전역을 돌아다니면서 예상치 못했던 많은 경험을 했고, 자연히 미국 사회와 문화를 꽤나 이해할 수 있었다.

# 엄격한 자유로움을 만끽했던
## 예일대학교 시절

    입학생의 요구에 따라 입학을 1~2년 연장해주는 예일대학교의 디퍼(defer) 제도를 이용해서 1년간 학부 등록을 연장했던 나는 여행에서 돌아오자마자 바로 학교에 다니기 시작했다. 미국에서 사업으로 성공을 거두려는 사람들의 거의 필수 코스가 MBA인데, 예일대학교는 클린턴과 힐러리, 부시 등이 다녔던 명문이다. 그곳에서 나는 책에서나 만나던 사람들과 잔디밭에서 자연스럽게 대화를 나누거나 함께 식사하고 맥주를 마실 수 있었다.

    예일대학교의 자유분방함은 유학 초기 시절 나에게 문화적 충격까지 안겨주었다. 예를 들어 자신이 게이라고 소개한 친구가 있었는데, 놀랍게도 집에서 살림을 하는 자신의 게이 파트너에게 학교 측에서 보험을 들어주었다고 했다. 예일대학교에서는 기혼 학생의 가족에게 제도적 뒷받침을 해주는데, 그 파트너가 레즈비언이나 게이여도 차별을 하지 않는 것이다. 이런 자유분방함과 함께 최소한의 규정을 정해놓고 그것을 지키지 않을 경우에는 엄격한 처벌을 한다. 규칙을 어겼을 때 가혹하게 처벌하는 예일대학교에서는 남의 논문을 베끼거나 불법 인용할 경우 일말의 여지없이 퇴학을 시킨다.

미국 사회엔 커닝이 없다. 시험감독이 자리에 있건 없건 마찬가지다. 누군가 커닝을 하는 모습을 다른 친구가 본다면 그는 도덕성이 결여된 사람으로 낙인이 찍힌다. 도덕성에 문제가 있는 사람이라고 낙인찍히면 그는 더 이상 그 사회에서 버티지 못한다. 내가 다닌 예일대학교 MBA 과정의 경우 학점은 따로 없고 프로피션트(proficient), 패스(pass), 페일(fail)의 3단계다. 그런데도 재학생들은 하루에 네다섯 시간 이상 잠을 잘 수 없을 정도로 공부에 열중한다. 나 역시 예일대학교에서의 많은 시간을 스털링 도서관에서 보냈다.

MBA의 수업은 가혹했다. 과제물과 시험, 수업 준비 때문에 하루에 3시간 이상 잠을 잔 적이 없다. 특히 과제물의 양은 어마어마하다. 전공 서적을 미리 읽는 수준이 아니라 이론 서적을 읽고 관련 사례집을 분석해야 했다. 과제물을 준비하지 않으면 토론식 수업을 제대로 진행할 수 없으니 밤새워 공부하느라 난생처음으로 코피도 흘렸다.

수업 시간에 교수가 10~15분 정도 이론을 설명하고 나면 나머지 시간에는 토론을 했다. 교수에게 30%, 책에서 40%, 학생들로부터 30%를 배울 수 있는 수업이었다. 경영대학원이지만 학부를 졸업하고 사회생활을 하다가 다시 입학하는 경우가 대부분이어서 인문학, 지리학, 생물학, 체육의학 등 학생들의 학부 전공도 다양했다. 교수는 다양한 학생들의 전문 식견을 수업에 적극적으로 활용하곤 했다.

매년 15~20명 정도의 한국 유학생이 예일대학교에 입학하는데, 한인학생회가 있기는 했지만 서로 교류가 활발하지 않았다. 그래서 나는 경영학과 경제학을 공부하러 온 유학생들과 함께 토론 모임을 만들었다. 다양한 주제를 놓고 토론을 벌였는데 장소는 주로 우리 집이었다. 아내는 기꺼이 이 모임에 끼어서 함께 토론을 하고 한국 음식을 만들어서 대접하곤 했다. 2학년에 올라가자 유학생들 사이에 이 모임이 소문나면서 회원이 하나둘씩 늘어났고, 학기 초에 한인학생회장을 새로 선출했는데 모두들 나를 추천했다.

한인학생회장을 맡은 나는 기자 경력을 십분 발휘해서 신변잡기 식의 소식지를 편집했다. 처음 온 유학생들을 위해 방 구하는 법, 은행 거래를 하는 법, 이사하는 법, 전화 개설하는 법, 가볼 만한 곳, 음식점 등 생활에 필요한 정보를 실었고, 소식지를 유학생들에게 우편으로 보냈다. 이 소식지는 생각했던 것보다 반응이 훨씬 좋았다. 하지만 그해 9월 뉴욕대학교로 옮기면서 한인학생회장 자리를 내놓을 수밖에 없었다. 한인학생회장으로 활동하면서 나는 한국인으로서 자긍심을 많이 느꼈고, 한인학생회의 도움을 받아 좀 더 쉽게 유학 생활에 적응하는 후배들을 보면서 가슴이 뿌듯해졌다. 후배인 오세훈 전 서울시장을 만난 것도 바로 이 시기였다. 자주 집에 와서 아내의 음식을 먹으며 좋아하던 그와는 지금도 좋은 인연을 이어가고 있다.

# 뉴욕에서 행정학과
# 도시공학을 공부하며

　　2학년이 되자 내 주변 상황에 조금 변화가 생겼다. 아버지가 갑자기 〈경인일보〉 명예회장에서 물러나면서 경영학을 전공했던 가장 큰 이유가 사라졌다. 고민하던 나는 예일대학교에서 석사과정을 마친 후 뉴욕으로 갔다. 맨해튼에 있는 뉴욕대학교에서 행정학을 공부하기 위해서였다. 아이들 학교 문제도 있고 뉴욕은 생활비도 비싸기 때문에 가족들은 뉴헤이븐에 있고 나만 뉴욕에 있다가, 주말이면 가족들이 있는 뉴헤이븐으로 가곤 했다. 일요일 오후에 뉴욕으로 와서 목요일까지 수업을 듣고, 목요일 오후에 뉴헤이븐으로 가는 생활을 한참 동안 반복했다.

　예일대학교가 있는 작은 대학도시 뉴헤이븐에서 생활하던 나는 맨해튼의 거대한 빌딩 숲에 오자 현기증이 났다. 다행히도 뉴욕 맨해튼의 서남쪽에 있는 그리니치빌리지에 가면 서울의 인사동 거리가 생각났다. 뉴욕에는 손꼽히는 명문대인 콜롬비아대학교도 있지만 뉴욕 사람들은 뉴욕대학교를 가장 사랑한다. 그리니치빌리지, 소호, 브로드웨이 등이 있어 문화와 젊음이 뒤섞여 있기 때문이다.

이곳에서 나는 행정학을 전공했다. 미국의 정치, 행정, 교육, 도시개발 등 제반 분야에 대한 전체적인 시각을 갖게 된 것이 바로 뉴욕대학교 시절부터다. 뉴욕대학교 행정학 내에서는 별도의 연구소를 운영하면서 활발한 연구 활동을 한다. 이곳에서 1학년 동안은 행정학 전반에 대한 포괄적인 이론을 공부했다. 행정학을 공부하기 위해서는 미국의 정치제도를 잘 알아야 했는데, 미국의 정치 상황을 파악하는 것이 무척 어려웠다. 매일같이 신문과 텔레비전을 보고 친구들과의 대화를 통해 그 부분을 해결했다.

2학년이 되자 나는 도시공학에도 많은 관심을 갖고 공부했다. 그런데 뉴욕대학교에는 도시공학과가 없어서 뉴욕대학교에서 분가한 폴리테크닉대학에서 공부했다. 그때쯤 국내에서 IMF 구제금융을 신청해서 환율이 천정부지로 뛰는 바람에 생활비가 2배쯤 들었다. 큰 걱정거리였는데 다행히도 폴리테크닉대학에서 전액 장학금과 매달 생활비 1,500달러를 주기로 했다. 얼마나 마음이 놓였는지 모른다. 그곳에서 나는 교수의 연구보조원으로 일하면서 박사과정을 밟았다.

도시공학을 공부하면서 나는 도시개발에 큰 관심을 가지게 되었다. 짧은 기간 내에 신도시를 뚝딱 만들어내는 우리나라 도시개발 정책은 심각한 문제를 안고 있다. 뉴욕대학교에서 행정학을 전공하면서 우리나라 행정의 시스템 부재를 절감했는데, 시스템의 부재는 단기간에 해결할 수 없을 정도로 막대한 예산과 시간 낭비를 가져온다.

전후 기반 시설 하나 없이 초토화된 상태였던 1970년대에는 사람의 힘으로 초고속 성장을 하는 것이 성공을 불러왔다. 하지만 이제는 그런 예전 방식으로는 통하지 않는다. 고속철도 건설, 시화호 매립, 신도시 문제, 4대강 개발사업 등 정책 오류가 빚어낸 문제점이 얼마나 많은지는 일반 국민들조차 모르는 사람이 없을 정도다. 반면 미국은 시스템이 잘 구축돼 있는 나라다. 어떤 정책이나 법안을 마련할 때 보통 3년 이상 걸린다. 시간이 오래 걸리므로 '빨리빨리'에 익숙한 우리나라 사람들에게는 답답해 보이지만 시행착오가 적어서 결과적으로는 훨씬 더 경제적이다.

미국에서는 도시를 개발할 때 해당 지역의 문화적, 역사적 특성을 고려하고 주민들의 의견을 수렴해서 개발정책 방향을 결정한다. 불과 몇 년 만에 뚝딱 세워지는 우리나라 신도시와는 너무 다르다. 도시는 살아 있는 유기체다. 마치 신체의 장기처럼 모든 것이 조화롭게 서로 잘 맞물려 돌아가야 하므로 계획할 때부터 자연환경, 문화, 아름다움, 주민들의 쾌적한 삶까지 고려해서 만들어져야 한다.

나는 우리나라 신도시를 보면서 내가 해야 할 일이 많다는 사실을 실감했다. 행정학은 효율적인 행정을 위한 구조를 연구하는 일종의 공학이다. 나는 뉴욕대학교와 폴리테크닉대학에서 우리나라 행정의 전반적인 문제를 진단할 수 있었다. 우리나라에 돌아와 국회의원과 도지사가 되어서 일을 해보니 사회복지학과 경영학, 행정학, 도시공학까지 다양하게 했던 공부들이 하나하나 내가 하고 싶은 정치의 밑거름이 되어주었다. 그래서 경기도에서 시행하는 몇몇 도시정책에는 오랫동안 내가 추구하고자 했던 신도시의 꿈이 접목되어 있다.

　사람을 살리는 도시에 관한 생각은 아직도 많다. 행정 시스템에 관한 생각도 마찬가지다. 앞으로도 나는 전공을 살려 우리나라 시스템을 재구축하는 데 최선을 다할 생각이다.

3

—

소년처럼 살 것인가,
어른이 될 것인가?

—

## 경영학도에서 정치인으로
## 한순간에 바뀐 운명

내 인생의 방향을 바꿔버린 1998년 3월 13일, 나는 평상시와 다름없이 평온하게 시간을 보내고 있었다. 뉴욕의 집에서 아침 식사를 마치고 전공 서적을 읽고 있는데, 주방에 있던 아내가 평소와는 다른 표정으로 전화기를 건네주었다. 수화기 속 어머니 목소리에는 울음이 섞여 있었다.

"경필아, 아버지께서 위독하시다."

청천벽력 같은 소식에 나는 흐느끼는 어머님을 진정시키고 전화를 끊자마자 비행기표를 예약했다. 가장 빠른 비행기가 밤 11시였다. 수화기를 내려놓은 나는 화장실로 달려가서 아침에 먹은 것을 모두 토해내며 오열했다.

내가 갑자기 귀국하자 후배 몇 명이 배웅을 나왔고, 후배들과 아내의 강요에 못 이겨 나는 그들과 공항 근처에서 간단한 식사를 했다. 그리고 공항으로 돌아가는 길에 아내가 조용한 목소리로 "여보, 아버님이 이미 돌아가셨대요. 아까는 식사조차 못 할까 봐 말 안 했어요"라고 고백했다. 혼자 한국으로 돌아오는 14시간 내내 흐르는 눈물을 멈추지 못했다.

그 전해 여름에 아버지께서 미국에 오셔서 "잘해라. 최선을 다해라" 하시며 어깨를 두드려주고 가셨다. 자꾸 그때 뵈었던 아버지의 모습이 떠올랐다. 그 모습이 마지막이었다.

비행기는 새벽에 김포공항에 도착했고, 나는 오랫동안 끊었던 담배를 피워 물었다. 김포공항에 내리자마자 나는 아버님이 계시는 아주대학교병원 영안실로 갔다. 영안실에는 이미 빈소가 차려져 있었다. 나는 상복으로 갈아입고 아버님 영정 앞에 꿇어 엎드려 통곡을 했다. 시체안치실에서 마지막으로 뵌 아버님 얼굴은 평안해 보였다.

많은 분들이 문상을 오셨고, 찾아주신 문상객들만큼이나 아버지의 빈자리가 더욱 커 보였다. 4일장으로 치러졌는데, 마지막 날 어머니께서 나를 한쪽으로 조용히 부르셨다. "지금 할 말은 아닌 듯 싶다만 장자인 네가 지역구를 이어받길 바라는 아버님의 유지를 잘 알고 있어야 하겠기에 이야기하는 것이다. 신중히 생각해보거라." 어머님은 조용히 눈물을 흘리시며 말씀하셨다.

나는 깊은 고민에 빠졌다. 전공을 바꾸는 것이 아니라 인생의 진로 자체를 바꾸는 일이었기 때문에 선뜻 결단이 서지 않았다. 나는 영정 사진 속의 아버지를 바라보았다. 며칠 동안 잠을 제대로 자지 못한 상태인데도 밤이 깊을수록 정신이 더욱 맑고 또렷해졌다. 그날 밤 영정 앞에서 긴 고민을 한 끝에 나는 아버지의 유지를 받들기로 결심했다.

아버님의 장례는 국회에서 국회장으로 치러졌다. 나는 아버님 영정을 모시고 아버님이 생전에 자주 다니시던 곳들을 돌았다. 아버지께서 사용하시던 의원회관 410호 앞에서, 나는 불현듯 '내가 이 방에 꼭 들어와야겠다. 그래서 아버지께서 꿈꾸시던 좋은 정치를 펼쳐봐야겠다!'는 결심을 굳혔다.

아버님은 용인의 선산에 모셨다. 할아버지가 누우신 바로 밑, 작은 산 양지바른 곳에 아버님의 묘를 세웠다. 하관하는 광경을 보며 어린 두 아들이 "할아버지를 왜 땅속에 묻어? 춥겠다, 아빠. 이불 가져다드려"라고 말했다. 아버지 관 위에 던져지는 흙을 보며 나는 어린아이처럼 아버지를 부르며 엉엉 울었다.

내가 아주 어렸을 때부터 아버지는 사업을 하셨고, 경영학을 선택할 때도 나중에 〈경인일보〉를 경영할지도 모른다고 생각해서였다. 유학 시절, 아버지 선거를 도와드리러 갔을 때 아버지가 연설을 해야 하는데 시간이 지나도록 오시지 않았다. 얼떨결에 연단에 서서 아버지 대신 연설을 하면서 정치라는 것이 멋지고 재미있을 수도 있겠다는 생각은 했었지만 구체적으로 정치를 할 생각을 해보지는 않았다.

하지만 이렇게 나의 길은 갑자기 바뀌었다. 사회복지학에서 경영학으로, 행정학으로 전공을 바꿔오던 나는 걷던 길 자체를 완전히 바꿨다. 인생의 프레임 자체가 달라지는 일이었다. 그리고 내 인생의 모든 것이 달라졌다. 새롭게 내가 들어선 길은 많은 사람들이 다니지 않는 거칠고 좁은 길이었다. 하지만 그 길로 들어서면서 나는 어떤 길을 택하느냐보다는 그 길을 어떤 마음으로 어떻게 걸어가는지가 더 중요한 것이라고 믿어 의심치 않았다.


1998년 여름, 나는 아버지의 선거구였던 수원 팔달구에서 보궐선거를 치르면서 정치인으로서 첫발을 내디뎠다. 김대중 정부가 출범한 첫해였고, 당시 한나라당은 야당이었다. 나는 한나라당에서 공천을 받기 위해 이리저리 뛰어다녔다. 아버지의 지역구였던 곳이어서 도와주려는 분들이 많긴 했지만 나는 고작 서른세 살이었고, 정치 경력은 전무했으며, 첫 선거였다. 당연히 공천을 받는 것부터가 쉽지 않았다. 그때만 해도 선거 때마다 보이지 않는 곳에서 떳떳하지 못한 거래가 오가는 일이 많았고, 공천을 받으려면 당의 실세들을 상대로 로비를 펼치는 것이 당연시되었다.

"절대로 부정한 방법을 사용하지 않겠다. 승리하는 것보다 어떻게 이기느냐가 더 중요하다. 천천히 가더라도 똑바로 간다."

이것이 정치 경력 전무한 서른셋 애송이의 '출마의 변'이었다. 나는 비장한 각오로 뛰어들었지만 한나라당에서는 누구도 나를 후보 감으로 생각하지 않았다. 정치적 기반이 약한 정도가 아니라 아예 없었기 때문이다. 나는 아무런 연고가 없는 이기택 부총재에게 매달렸고, 그분의 도움으로 선거 이틀 전에 겨우 공천을 받을 수 있었다.

아버지의 지역구였기에 목요상, 이규택, 이자헌, 이재창, 이해구, 전용원 의원 등 아버지의 오랜 친구분들과 백발이 성성한 어르신들이 아들을 위하는 마음으로 함께 선거운동을 해주셨다. 〈경인일보〉의 옛 동료와 선후배들도 지지해주었다. 하지만 당에서는 우리 지역구에 관심이 없었고, 나는 당의 큰 도움 없이 외롭게 선거전을 치러야 했다. 내 경쟁 상대는 집권당인 국민회의에서 나온 관록 있는 정치인이었고, 대부분 상대 후보의 승리를 점쳤다.

마침내 선거 날, 상대방 진영은 축제 분위기였고 우리 선거사무실에는 친동생과 강아지 한 마리만 있었다. 선거사무실에 그냥 앉아 있는 것이 너무 힘들었던 나는 아는 형님과 작은 식당에서 선거 결과를 기다렸다. 그동안 도와준 여러 사람들에게 죄송스러웠다. 그런데 결과는 뜻밖이었다. 기자들이 우리 사무실로 모여들고 있다는 연락을 받고 사무실로 갔더니 취재진들이 몰려들고 있었다. 마침내 국회의원이 된 것이다.

아버지의 영정 앞에 당선 소식을 전할 수 있어서 다행이었다. 미국 유학 시절 찾아오셔서 "잘해라, 최선을 다하면 된다"라고 하시던 말씀이 생각났다. '잘하겠습니다. 최선을 다하겠습니다.' 나는 아버지께 속으로 맹세했다.

다음 날 아침 중앙당으로 나오라는 연락을 받고 날이 밝자마자 그곳으로 갔다. 당사에는 계단까지 기자들이 모여들어 있었고, 내가 들어서자 여기저기서 카메라 플래시가 터져 나왔다. 총재단 회의에서는 나를 특별히 언급했나. "이번 보궐선거에서 여당에게 완전히 밀릴 뻔한 위기에 처했는데 수원 팔달에서 예상 밖의 승리를 함으로써 기사회생할 수 있었습니다. 이번 선거의 일등 공신은 단연 남경필 의원입니다."

수원 팔달에서 내가 예상 밖의 승리를 함으로써 한나라당은 보궐선거에서 4 대 3으로 우위를 점할 수 있었던 것이다. 그렇게 나는 정치인으로서 제2의 인생을 시작했다.

# 아버지의
# 유산

　　중학교 시절, 나는 한때 '죽음'에 관해서 많은 생각을 했다. 어떤 사건이 계기가 되었는지는 기억나지 않지만 한참 동안 죽음에 관해 생각하면서 잠을 못 이룰 정도로 공포감을 느꼈다. 죽으면 뭐가 될까. 인간은 죽으면 어떤 존재가 되는 걸까. 만일 내가 죽는다면 사람들은 나를 어떻게 기억할까. 죽으면 나는 어디로 가는 걸까. 생각하면 할수록 죽음이라는 것은 어려웠다. 죽음이 무엇인지에 관한 생각은 어머니가 죽으면 어떡하나, 아버지가 죽으면 어떻게 되는 걸까 하는 생각에까지 미쳤다.

　죽음에 관한 생각은 자연히 삶에 대해서도 생각하게 만들었다. 내가 이렇게 살고 있지만 죽어버린다면 아무것도 남지 않는다. 그렇다면 나의 존재는 과연 어떻게 되는 건가. 죽어서 아무것도 남지 않는다면 삶이란 어떤 건가. 우리는 매일 밤 잠을 자는데 만일 잠들었다가 아침에 눈을 뜨지 못한다면 어떻게 될까. 이런 근본적인 것에 대한 생각이었다. 사람은 누구나 결국 죽는데 죽어서 아무것도 남지 않는다고 생각하면 삶이 너무 허무해졌다. 이런 고민을 하다 보니 자연스럽게 종교를 가졌고, 그 종교가 지금까지도 이어지고 있다.

죽음에 관해 한참 동안 고민하면서 두려워한 것 외에는 나의 삶은 상당히 평온한 편이었다. 집안이 갑자기 어려워진 일도 없었고, 극도의 공포를 오래 느낄 일도 없었고, 참을 수 없는 실연의 고통을 겪어보지도 못했다. 대학에 떨어져 재수한 것이라든지, 군대에서 기합을 받거나 얻어맞은 것, 친구들과의 다툼…… 고작 이런 것들만이 내가 겪었던 고민이었다. 물론 여행하면서 선택적 극한 체험을 한 적은 있지만 그런 것들은 '이 또한 지나가리라'는 믿음으로 기다리면 정말 오래지 않아 극복되는 문제들이었다.


아버지의 죽음, 아버지의 부재는 내가 처음으로 겪은 지속적인 고통이었다. 오늘보다 내일 더 가벼워지는 것이 아니라 하루하루 지날수록 아버지의 부재가 더 실감났다. 처음 돌아가실 때만 해도 당장의 슬픔과 나의 진로 변경, 곧이어 치러야 했던 선거 등으로 아버지의 부재를 실감할 틈이 없었다.

아버지는 도처에서 그 존재감을 드러냄으로써 나로 하여금 아버지의 죽음을 실감하게 만들었다. 아버지는 가족들에게 다정다감하게 말씀하시고 표현하는 분이 아니어서 나는 아버지가 얼마나 따뜻한 사람이었는지 몰랐다. 그런데 아버지가 계시던 공간, 아버지가 만나던 사람들, 아버지가 따뜻하게 품어주었던 사람들을 만날수록 나는 내가 왜 국회의원에 당선되었는지를 깨달았다.

만일 아버지가 국회의원으로서 지역구 주민들에게 뭔가 잘못을 했더라면 그분들이 정치에 관해 아무것도 모르는 나를 국회의원으로 뽑아줬을까? 그분들은 나를 찍은 것이 아니라 아버지를 아쉬워했던 것이고 아버지를 재평가한 것이었다. 아버지의 흔적은 지역구 곳곳에 남아 있었다.

당신 입에 늘 거친 것만 넣고 구두쇠처럼 모아서 아버지는 여기저기 좋은 일들을 많이 해두셨다. 지금도 한국노총 경기지부에 가면 사람들이 나를 무척 좋아해주시는데, 그 힘도 아버지에게서 나온 것이다. 거기 가면 주춧돌에 한국노총 건물을 새로 지을 때 성금을 냈던 사람들의 이름이 새겨져 있다. 주로 기업에서 돈을 냈고, 삼성전자에서도 2,000만 원을 냈는데, 아버지 개인이 2,000만 원을 내신 것으로 되어 있다. 1994년 즈음의 일이니 지금 돈으로 계산하면 몇 억에 해당하는 금액이다. 그리고 한국노총 장학재단에 장학금으로도 1,000만 원을 내셨고, 운수 가족들에게도 장학금을 많이 주셨다.

국회에 갔을 때도 마찬가지였다. 아버지와 당이 다른 선배 국회의원이 아버지에게서 용돈을 받은 적이 있다면서 예뻐해주시기도 했고, 아버지가 맞춰준 양복을 갖고 있다는 분도 곳곳에 계셨다. 아버지 본인은 검소하고 어렵게 사신 분인데 주변에 베푼 것이 정말 많으셨다.

아버지가 없는 세상을 다니면 다닐수록 아버지의 흔적을 점점 더 느낀 시기가 국회의원이 되고 나서였다. 내가 수원에서 연속해서 다섯 번이나 국회의원 선거에 당선된 그 첫 번째 비결이 바로 아버지다. 우리 지역구 어르신들 중에는 아버지에 관한 추억을 갖고 있는 분이 많다. 그분들이 갖고 있는 아버지에 대한 기억과 추억이야말로 아버지가 나에게 물려주신 가장 큰 재산인 것이다. 그래서 나는 지금도 어려운 결정을 해야 할 때면 아버지의 산소에 간다. 산소를 둘러보고 잡풀도 제거하면서 아버지 같으면 어떻게 하실까 생각해보는 것이다.

물론 아버지의 후광과 남겨주신 재산이 금수저로 내 이미지를 고정시키는 측면도 있지만, 나는 사람들이 나에게 금수저 정치인이라고 하는 것에 개의치 않는다. 금수저건 흙수저건 그것은 내가 선택한 게 아니다. 유권자들이 나를 선택해준 것은 고난을 극복한 과거의 영웅 같은 어린 시절 스토리가 있어서가 아니다. 내가 그동안 해왔던 여야를 뛰어넘는 연정과 협치를 좋아해준 것이다. 내가 늘 개혁을 부르짖고, 국회에서도 항상 국가적으로 협력하자, 이념 대결 그만하자고 주장해왔던 것에 대한 응답이고, 실제적인 정책과 비전 이야기를 했던 것에 대한 평가다. 내 단점을 가리기보다는 내 장점을 극대화하고 그 장점의 극대화가 국민들과 맞아떨어질 때 국민들로부터 좋은 평가를 받을 것이라 믿는다.

　나는 사람을 볼 때 장점부터 본다. 사물을 볼 때도 그렇다. 그래서 싫어하는 것이 없고 다른 사람 비방할 일이 없고 맺힌 것도 없다. 변화에 대한 두려움도 없다. 그저 남과 함께 일하는 것이 즐겁고 흥분된다. 나의 이런 성향이 국민 시대정신에 부합한다면 사람들은 나를 선택해줄 것이다.

요가하는
남자

　　나는 운동을 즐긴다. 특히 예전에는 국회의원 축
구단에서 활동하고, 풀코스는 아니지만 하프 마라톤을 뛸 정도로
과격한 운동을 즐겼다. 다른 사람들과 함께 달리지 않더라도 개인
적으로 시간만 나면 뛰곤 했다. 운동량이 부족하다고 생각되는 날
에는 집에 돌아와 러닝머신 위에서 한 시간 정도 달리곤 했다. 숨이
턱에 닿도록 달리다보면 고통스러운 상태에서 느껴지는 쾌감이 있
다. 이렇게 땀을 흘리면서 뛰고 난 후 시원한 맥주 한 잔을 들이키
면 그 맥주는 그야말로 천상의 음료수가 되곤 했다.

　　그런데 언젠가부터 운동에 대한 내 나름대로의 신념이 생겼다.
운동이 건강에 좋은 것은 확실하다. 거의 모든 질병에 운동이 도움
이 된다. 하지만 아이러니하게도 격한 운동을 하는 선수들이 일반

예전에는 축구나 마라톤 같은 과격한 운동을 즐겼지만 요즘은 요가나 필라테스, 스트레칭을 하는 쪽으로 바뀌었다.

인들보다 일찍 죽는 경우가 많다. 활성산소 때문이다. 적당한 운동을 하면 활성산소를 제어할 수 있는 항산화효소의 분비가 늘어나지만, 자기 신체 능력의 80% 이상을 사용할 정도로 지나친 운동을 장시간 하면 우리 신체는 더 많은 활성산소를 만들어낸다고 한다. 오히려 면역력이 떨어지는 것이다. 면역력뿐만 아니라 우리 몸이 번 아웃(burn out)되어서 관절이나 근육이 상하기도 한다. 그래서 TV에서 은퇴한 운동선수들이나 댄스 가수 출신 연예인들이 늘 부상을 달고 살았다고 이야기하는 것을 자주 들을 수 있다.

매일 훈련해서 성과를 내야 하는 운동선수가 아니라면 몸을 상하면서까지 운동할 필요는 없다. 요즘은 스포츠센터에 가더라도 웨이트 트레이닝보다 필라테스를 하는 편이 훨씬 좋다. 나이 먹으면서 걷기와 요가, 필라테스, 스트레칭을 점점 더 즐기게 됐다. 일반적으로 나이가 들면서 근육이 빠지고 몸이 뻣뻣해지는데, 요가나 필라테스를 하면 근육량을 유지하면서 유연성을 강화할 수 있어 좋다. 이렇게 말하니 꼭 요가 전도사가 된 것 같지만 무력하고 뻣뻣한 중년들에게 꼭 한번 해보라고 추천해주고 싶다.

# 걷는다는 것,
# 걷고 싶은 거리

      날이 갈수록 걷는 것에 대한 매력이 크게 다가온
다. 걸으면 차를 타고 빠르게 달릴 때는 보이지 않던 것들이 보인
다. 차를 타고 휙 지나갈 때는 있는지도 몰랐던 골목길이 보이고,
그 골목길 안에는 사람들 삶이 있다. 의외로 잘 꾸며진 카페나
작은 도장 가게가 있기도 하고, 점집이 보이고, 정원이 소담스러운
오래된 주택이 있을 때도 있다. 이 골목엔 이런 것이 있고 저 골목
에는 저런 것이 있다. 사람들처럼 골목들도 저마다의 얼굴을 가지
고 있다.

  걷는다는 것은 몸과 마음에 휴식을 주는 일이다. 면역력을 높여
줄 뿐만 아니라 당뇨나 고혈압 같은 성인병도 예방할 수 있으며 스
트레스까지 감소시켜준다. 좋아하는 사람과 대화를 나누며 걸어도

어쿠스틱 콜라보의 〈바람이 부네요〉를 들으며 걸어서 약
속 장소에 가는 길. 짬짬이 걸으면 망중한도 즐기고 생각
도 정리할 수 있어 좋다.

좋고 홀로 자연을 살피며 걸어도 좋고 원하는 시간만큼 할 수 있을 뿐만 아니라 돈이 들지도 않으니 그야말로 신이 내린 운동이 아닐까?

걷기에는 속임수가 있을 수 없다. 철저하게 두 발을 엇갈려 앞으로 내디디는 만큼만 나아간다. 걷는다는 것은 가장 오래되고 일차적인 이동 방법을 넘어서 사색과 명상을 하게 한다. 터벅터벅 오랜 시간 걷다보면 자기 자신의 내면과도 마주하게 된다.

나는 밥을 먹은 후에도 틈나는 대로 짬짬이 걷는다. 퇴근할 때도 집까지 차로 가지 않고 30분 정도 거리에서 내려 걸어가곤 한다. 밥을 먹고 다음 약속이 있을 때도 걸을 수 있는 거리면 걸어간다. 종일 차를 타고 움직여야만 했거나 스케줄이 너무 촘촘하게 짜여 있어서 도무지 걸을 시간이 없었던 날에는 퇴근하고 집에 와서 러닝머신 위에서 걷는다.

안타까운 것은 평일에는 스케줄이 빠듯해서 본격적으로 걸을 시간이 나지 않는다는 것이다. 대신 주말에 자전거 타기나 산책을 즐긴다. 자전거를 끌고 집 앞에 나오면 호수공원과 삼성전자, 오산까지 자전거를 타고 돌 수 있도록 도로가 연결되어 있다. 또한 지금 내가 살고 있는 동네에서 광교 호수공원까지도 연결되어 있다. 광교 호수공원으로 개울이 흐르는데, 이 호수와 개울을 따라 걸어 다니는 것을 정말 좋아한다. 한번 돌면 1시간 30분 정도 걸리기 때문에 여유 있을 때 산책하기에 딱 좋은 거리다. 광교신도시에는 카페

거리가 있는데 그 사이로도 개울이 흐른다. 집에서 걸어갔다가 카페 거리에서 친구들과 밥을 먹고 다시 걸어서 집에 돌아오면 3시간 30분에서 4시간 정도 걸린다.

마을버스를 타고 용인으로 가면 보정동 카페 거리가 있다. 사각형 모양의 주택가 골목을 따라 독특하고 예쁘게 꾸며진 카페들과 옷가게, 레스토랑 등이 모여 있다. 거리에는 차가 다니지 않고 잘 가꾸어진 녹지가 많아서 분위기 좋은 카페나 레스토랑을 찾아 가벼운 브런치나 점심 식사를 하면서 담소를 나누기에 적당하다. 보정동에서 친구들을 만나서 함께 술을 마시며 대화를 나누다가 집으로 돌아오는 것은 놓칠 수 없는 주말 재미다.

서울에도 걷기 좋은 거리가 많다. 그중 내가 좋아하는 코스는 하얏트 호텔에서 출발해 삼성미술관 리움을 거쳐 이태원 시장과 경리단 길로 한 바퀴 도는 것이다. 빠른 걸음으로 걸으면 한 시간이면 충분히 주파할 수 있는 거리다.

하지만 도시를 걸으면서 그 정도 속도로 걷는다면 집에서 러닝머신을 타는 편이 낫다. 도시의 거리를 걷는 재미는 바로 그 '거리'에 있기 때문이다. 앞만 보면서 그냥 걷기만 하는 것이 아니다. 도시에서의 걷기는 단순한 운동과는 다른 차원의 '맛과 멋, 그리고 만남'이 있다. 걷다보면 그 많은 사람들 가운데서도 시선을 잡아끄는 이들이 있다. 마치 얼굴이 예술품인 듯 멋스럽게 화장한 여인이 있는가 하면, 구름 위를 걷듯 걸음걸이가 멋있는 사람도 있다. 무표정하게 스쳐 지나가는 사람, 활짝 미소를 보내며 기분 좋게 스쳐가는 사람, 하루치의 삶에 찌들어 어깨가 축 늘어진 사람, 다정하게 웃으며 지나치는 연인들…….

사람과의 만남뿐만이 아니다. 시선을 잡아끄는 카페가 있고, 유난히 멋스러워 나도 모르게 서서 바라보게 되는 건물이 있다. 많은 먹을거리 중 하나가 군침을 돌게 한다면 멈춰 서서 그 음식을 먹고, 누군가에게 선물해주고 싶거나 갖고 싶은 물건이 있으면 사기도 한다. 그 물건을 사려고 간 것은 아니지만 그 물건이 나를 잡아당기는, 그래서 나중에 그것을 보면 그 거리가 생각나는 그런 물건 말이다. 도시를 걸을 때는 배낭이 필수품이다. 나를 잡아당겨서 들여다보게 하고 지갑을 열게 만든 것들을 가방에 집어넣어야 하기 때문이다. 이렇게 도시의 거리를 걷다보면 마치 사냥하는 기분이 든다.

1998년 7월, 서울시에서는 산책하기에 부적합한 도심의 거리를 개선하는 '걷고 싶은 거리' 사업을 추진했다. 서울시가 직접 추진해 만든 열 군데의 걷고 싶은 거리를 포함, 서울시 전체에 100여 곳의 걷고 싶은 거리가 있다. 도시에서 걷고 싶은 거리는 녹지도 중요하지만 '도시적인' 것도 중요하다. 걸으면서 구경하고 즐길 수 있는 눈요깃거리가 있어야 하는 것이다.

도시에서 사람들이 자동차를 버리고 두 발로 걸어 다니게 하려면

잘 심어놓은 가로수가 아니라 즐기면서 쇼핑할 수 있는 상가가 필
요하다. 명동과 이태원을 떠올려보라. 그곳이 그저 잘 꾸며진 공원
일 뿐이라면 그토록 많은 사람들이 모여들겠는가? 나는 경기도에
도 걷고 싶은 거리가 더 늘어났으면 한다. 그래서 판교신도시 디자
인을 그렇게 하고 있다.

# 아침에 명상하는
# 사람

　나는 아침에 눈을 뜨면 항상 기도와 명상을 한다. 잠에서 깨어나면 '감사합니다' 하고 눈을 뜨고 잠들기 전에도 '감사합니다' 하고 잠든다. 생각해보면 감사할 일이 참 많다. 도지사가 된 것, 아이들이 잘 자라고 있는 것, 살아 있는 것 모두가 감사하다. 명상은 아주 오래전부터 빼놓지 않고 해오던 것이다. 명상은 내 마음의 바닥을 들여다보는 일이다. 자기 내면을 들여다보는 것도 훈련이 필요하다. 눈을 감으면 잡생각이 엄청 떠오르기 때문이다.

　누군가가 어떻게 하면 성공할 수 있는지를 물으면 나는 명상을 하라고 한다. 하루에 5분씩 자기 자신을 성찰하라고 젊은이들에게 당부하고 싶다. 날마다 명상을 하는 사람과 하지 않은 사람의 미래는 확연하게 달라진다.

가만히 내 안의 바닥을 들여다보면 무엇인가가 있다. 그것이 양심이다. 대통령이나 다른 정치인을 비난하면서도 내심 '내가 다른 정치인을 욕할 자격이 있는가. 나도 혹시 저 사람처럼 행동한 것은 없는가. 은연중에 내 권력을 이용해서 하지 말아야 할 일을 하진 않았나' 하고 찔리는 내면의 소리 말이다.

그보다 더 밑으로 들어가면 인간의 기본적인 욕망과 본능적인 죄 같은 것들이 있다. 그것을 가만히 들여다보면 거기에서도 어떤 소리가 들린다. 신앙적으로 말하면 하나님이 주는 소리다.

그런데 상당히 흥미로운 점은, 우리 각자의 가장 밑바닥에서 들리는 지극히 개인적일 것만 같은 내면의 소리가 사실은 보편적이라는 점이다. 인간은 대부분 유사하다. 바닥에서 나오는 소리 역시 유사하다. 성공하고 싶다면 내 내면의 바닥에서 정말 하고 싶은 것을 잡아야 한다.

그렇게 해서 많은 사람들이 원하는 것을 잡아내고, 그것을 비즈니스로 만들면 세상을 뒤집을 수 있다. 정치 역시 그렇다. 최고의 정치인이란 특별한 것이 아니다. 누구나 하고 싶어 하는 일을 실현시켜주는 사람이 최고의 정치인이다. 거꾸로도 마찬가지다. '나는 이것이 너무 싫어. 이것 때문에 정말 열받아. 왜 이런 것들이 나를 가로막고 스트레스를 주고 나를 억압하지?' 혹은 '저 모순은 도대체 뭐야!' 하면서 화나는 것이 있다면 그것을 없애주는 일이 엄청난 비즈니스가 될 수 있다. 본능적으로 하고 싶어 하는 것을 하게 해주는 일, 본능적으로 싫어하는 일을 겪지 않아도 되게 해주는 일, 이것처럼 많은 사람들에게 환영받을 일이 어디 있겠는가?

생각해보자. 누군가가 우리에게서 물건 하나를 빼앗아간다고 할 때, 먹을 것도 아니고 입을 것도 아님에도 불구하고 가장 당황해할 것 중 하나가 바로 스마트폰일 것이다. 스마트폰이 시계와 카메라, 컴퓨터와 사무기기, 지도와 전화기, MP3와 내비게이션은 물론 주치의나 헬스트레이너 역할까지 모두 하고 있기 때문이다. 거리에서 길을 잃었을 때도, 시간이 궁금할 때도, 친구가 무엇을 하고 있는지 궁금할 때도 스마트폰부터 들여다본다.

이 스마트폰을 어떻게 처음 만들었을까? 음성 통화만 하는 전화기가 휴대전화를 거쳐서 어느 순간 모든 것을 해결해주는 만능키로 가게 만든 사람이 스티브 잡스다. 이 엄청난 진화가 일어난 사정을 들여다보면 그 안에 스티브 잡스의 인간 세상에 대한 성찰이 있다. 스티브 잡스가 사람들의 보편적인 니즈를 잡아서 하나의 모델로 만들어낸 것이 바로 내 손안의 컴퓨터, 스마트폰이다.

스마트폰을 구성하는 테크놀로지는 대부분 기존에 있던 것이다. 모든 사람이 원하는 새로운 니즈만 찾아낸다면 그 니즈를 충족시키기 위해서 기존의 테크놀로지를 융합하고 조합해내는 일은 어렵지 않다. 니즈가 우선이고 테크놀로지가 나중이다. 그런데 우리나라 사람들은 대부분 테크놀로지로 창업한다고 생각한다. 카이스트나 삼성전자 출신 등 기술을 가진 사람들이 독립해서 하는 테크놀로지 기반의 창업, 이것은 성공 가능성은 높지만 세상을 뒤집지는 못한다.

스티브 잡스의 예처럼 니즈를 충족시켜주는 창업의 성공 가능성은 테크놀로지 기반의 창업보다 낮을지 모르지만, 성공했을 경우 그 파이의 크기가 실로 어마어마하다. 지구 전체 사람들이 나눠 먹을 수 있는 파이가 되기 때문이다. 인문학적 성찰로 이루어진, 사람의 기본 욕구나 증오를 해결하는 데서 출발한 비즈니스 모델을 찾는 것이 바로 게임 체인지다. 게임의 룰을 바꾸는 것이다. 필요한 테크놀로지는 찾으면 된다. 이런 창업이 많아지고 이 중 몇 개가 성공한다면 우리 후손들은 먹거리 걱정을 하지 않아도 될 것이다.

지금 우리나라의 현실은 암담하기 짝이 없다. 이대로 나간다면 미래가 보이지 않는다. 현재 오십 대 이상의 사람들은 1980년대에 고등학교나 대학교를 졸업하면 어디에든 취직할 데가 있었다. 인구 고령화가 심각하지 않아서 노령인구 부양 부담도 상대적으로 적었다. 하지만 지금의 추세로 간다면 우리 자녀들은 우리보다 훨씬 더 많은 노령인구를 먹여 살려야 한다.

2016년 12월 통계청이 발표한 '장래인구추계'에 따르면 생산가능인구 100명당 부양할 유소년과 고령인구를 계산한 총부양비는 2015년 36.2명에서 2037년에 70명을 넘고, 2059년이면 100명을 넘어선다. 노년부양 비율만 보더라도 급격한 고령인구의 증가로 2015년 17.5명에서 2036년에는 50명을 넘고, 2065년 88.6명 수준이 된다고 한다. 생산가능인구 한 명이 자신이 먹고 살기에도 빠듯할 텐데 다른 사람 한 명까지 먹여 살려야 한다는 이야기다. 신성장 동력, 미래 먹거리 산업을 찾아내는 일이 시급한 이유가 여기에 있다.

그래서 나는 젊은이들을 만나서 이야기할 기회가 주어지거나 나에게 조언을 부탁하면 자신의 내면을 들여다보라고 한다. 그러고 나서 친구와의 대화를 통해 보편적인 니즈를 발견하고 이것을 해결해주는 방법을 찾아내면 이것이 바로 '제2의 스마트폰', 즉 세상을 바꾸는 비즈니스 모델이 된다.

요즘 내가 하려는 정책 역시 사람들을 만나서 이야기하다가 나오는 고민거리 해소에 초점을 두고 있다. 사람들을 만나보면 대부분 처음에는 비즈니스 이야기를 가볍게 하다가 자기 인생 이야기로 들어가는데 고민거리가 대동소이하다는 것을 발견할 수 있다. 자녀가 있는 사람들 대부분이 사교육비 때문에 너무 힘들다고 한다. 하우스푸어와 연결된 금리 문제도 심각하다. 가계부채가 1,300조 원인 상황에서 금리 문제는 서민들의 생활과 직결되지 않을 수 없다. 가계가 금리에 부담을 느끼면 소비가 줄어들고 이것은 자영업자의 수입 감소로 연결된다. 이런 문제들을 해결해주어야 한다. 사교육비 해결, 대출금리 인하 등의 정책을 펴려는 이유가 바로 여기에 있다. 정치인의 입장에서 주변 사람들의 바닥을 살펴보면서 문제를 발견하고 해결책을 찾아내는 것이다. 나는 내가 정치인으로서 다른 사람들보다 잘할 수 있는 것이 바로 이런 일이라고 자부한다.

매일 아침 명상을 하는 사람과 아무 생각 없이 하루를 시작하는 사람의 하루는 별다른 차이가 없다. 5분이건 10분이건 명상으로 아침을 시작하는 사람과 일어나자마자 TV를 틀거나 밥 먹고 출근이나 등교하기 바쁜 사람의 하루는 똑같아 보인다. 마음가짐이란 쉽게 눈에 보이지 않기 때문이다. 하지만 한 달이 지나고 1년이 지나면 서서히 차이가 눈에 보이기 시작한다. 같은 자리에서 출발한 두 사람의 방향이 1도만큼 틀어졌을 때, 처음에는 같은 자리에 있는 것 같지만 1도만큼 틀어진 채로 100미터, 1킬로미터, 10킬로미터 전진한다면 나중에 서 있는 위치는 크게 달라진다.

운동도 마찬가지다. 날마다 스트레칭을 하는 사람과 의자나 방바닥하고만 친한 사람은 하루 이틀로는 아무런 차이가 보이지 않지만 1년 후 10년 후의 모습은 확연히 다르다. 사실 내가 운동을 하게 된 계기가 있다. 삼십 대 젊은 나이로 국회의원이 되어 국회에 들어갔는데, 당시 상임위에서 옆에 앉은 분이 강신성일 전 의원이셨다. 나는 1965년생이고 그분은 우리 아버지보다 한 살 어린 1937년생이시니 나하고는 나이 차이가 어마어마했다.

국회의사당 건물 지하에는 국회의원들이 건강관리를 할 수 있도록 헬스클럽이 마련되어 있다. 어느 날 러닝머신 위에서 달리기를 하고 있는데, 옆에서 그분이 운동을 하고 계셨다. 그때 내 나이가 서른다섯이었는데 나보다 스물여덟 살이 많으시니 당시 예순셋이 셨을 것이다. 그런데 운동하시는 모습을 보고 나는 경탄을 하지 않을 수 없었다. 근력도 지구력도 몸매도 좋은, 그야말로 여전히 '수컷'이셨던 것이다. "나는 땀을 뻘뻘 흘리는 것이 너무 좋아. 남자는 말이야, 언제든 슈트를 입을 수 있어야 해. 그런데 슈트를 멋있게 입으려면 배가 나오면 안 돼." 같은 남자가 봐도 너무 멋있었다. '내가 63세에 저렇게 뛸 수 있을까?' 하는 생각이 절로 들었다.

그러고 나서 땀 흘린 몸을 씻기 위해 옆에 있는 목욕탕에 갔는데 다른 의원님 한 분이 들어오셨다. 그분은 배가 나오고 다리는 가늘었으며 근력이 없으니 미끄러운 목욕탕 바닥에서 넘어지실까 봐 부들거리면서 들어오셨다. 신성일 의원님보다 훨씬 더 연세가 들어 보였다. 목욕탕을 나와서 나이를 찾아봤더니 61세셨다. 비교되는 두 분을 보고 나니 '운동 열심히 꾸준히 해야겠다'는 생각이 절로 들었다. 두 사람의 차이가 어디 하루 이틀 만에 생긴 결과겠는가? 운동과 담을 쌓고 살아온 사람과 매일매일 땀을 흘리며 운동해온 사람의 하루하루가 쌓여 60세가 넘다보니 그 정도의 차이가 난 것이다. 나도 그 이후 일주일에 두 번쯤은 땀이 흐를 정도로 뛰곤 했다. 뛰다보면 러너스 하이(runner's high)라고, 분명 몸은 지치고 힘든데 희열과 쾌감이 느껴진다.

내가 하루하루 무엇을 어떻게 쌓아 올리는가가 내 미래를 완전히 바꾼다. 그래서 나는 사람들, 특히 젊은이들에게 아침의 명상이 절실히 필요하다고 주장한다. 목표한 것을 향해 자기 삶을 밀고 가는 힘이, 하루에 자신의 내면을 들여다보는 그 5분, 10분에서 나온다. 그것을 하느냐 안 하느냐가 10년, 20년, 30년 후 그 사람의 위치를 완전히 달라지게 한다. 어떻게 살아가야 할지 알기 어려운 사막이나 정글 같은 현대사회에서 아침의 명상은 나아갈 방향을 제시해주는 나침반 역할을 하는 것이다.

# 아침이 있는 삶,
# 저녁이 있는 삶

　　나는 조찬 약속이 싫다. 조찬이 있는 날이면 아침에 규칙적으로 해오고 있는 일들을 포기해야 하기 때문이다. 나는 보통 5시 30분에 일어난다. 잠자리에서 일어나면 기도와 짧은 명상 후에 『성경』을 읽고 스트레칭을 한다. 그리고 일주일에 두 번은 필라테스를 배우러 간다. 일주일에 적어도 세 번은 하고 싶지만, 그렇게 할 시간이 주어지는 경우는 별로 없다. 시간이 조금 여유 있는 날은 걷거나 뛰는 운동까지 하고 출근을 한다.

　하지만 조찬이 있는 날은 이런 루틴이 깨진다. 아침 식사를 하는 것뿐만이 아니라 그에 따르는 강연이나 토론, 회의 등이 이어지기 때문에 아침 일과 몇 개를 포기할 수밖에 없다. 그런 상태로 며칠 지나면 '내가 무슨 생각으로 살아가는 거지?' 하는 생각이 든다. 허무해지는 것이다.

행복해지기 위해서는 아침이 있는 삶이 필요하다. 가족들이 아침에 얼굴을 마주하고 대화를 나누며 정서적으로 교감할 수 있다면, 그 가족의 하루는 상쾌하게 시작해서 행복하게 밖의 일들을 해결할 수 있다. 아빠는 아이들이 일어나기도 전에 출근하고 엄마의 고함 소리에 일어난 아이들은 아침도 제대로 못 먹고 등교하는 가정, 아빠는 회식 자리에서 아이들은 학원에서 파김치가 되도록 진을 빼고 귀가해서 가족들 얼굴도 제대로 못 보고 각자의 방으로 들어가는 가정, 이런 가정의 구성원들이 행복할 수는 없지 않은가. 아침은 옷의 첫 단추나 다름없다. 첫 단추가 제대로 채워져야 마지막 단추까지 제대로 채울 수 있다.

나는 가급적 아침 9시 전에는 출근하지 않는다. 내가 일찍 출근하면 다른 직원들은 나보다 더 일찍 출근해야 한다는 압박감을 느낄 수 있기 때문이다. 공직자들에게도 가급적이면 9시에는 회의를 하지 말라고 한다. 도지사가 7시나 8시부터 회의를 하면 관련부서는 한 시간 전부터 나와서 회의를 준비해야 한다. 그 부작용은 이미 목격한 바 있다. 이명박 전 대통령 시절, 일찍 일어나는 새가 벌레를 잡을 수 있다는 의미에서 '얼리버드(early bird)'가 한창 유행했다. 얼리버드는 평생 밤 12시에서 1시 사이에 잠들어 새벽 5시면 어김없이 일어나는 이 전 대통령에게는 좋았을지 모르지만, 그 밑의 사람들을 상당히 고역스럽게 했다.

생각해보라. 8시에 회의가 있다면 그 회의에 참석하는 사람들은 몇 시부터 일어나서 준비를 해야 하겠는가? 원래 아침형 인간이라 일찍 일어났던 사람들은 그럭저럭 참을 수 있었겠지만, 그렇지 못한 대부분의 청와대 수석들은 저녁이 되면 피곤해서 졸곤 했다. 대통령의 라이프 사이클을 공직자들이 따라가려니 죽을 맛이라는 비명이 여기저기서 터져 나왔다. 임기 초 새벽부터 청와대에 출근하려던 그를 김윤옥 여사가 "너무 일찍 출근하면 부하 직원들이 고생한다"며 말린 덕분에 그 이후에는 관저에서 7시 40분이 넘어서 출발한다는 소식이 신문에 실리기도 했다.

얼리버드 덕분에 아침잠을 포기해야만 했던 사람들이 어디 청와대에서 근무하는 비서관과 공직자뿐이었겠는가? 청와대가 8시에 일을 시작하면 그 밑의 행정부서도 눈치껏 일을 빨리 시작해야 하고, 가장이 새벽에 출근하면 그 가족들 역시 편안하고 여유 있는 아침 시간을 누리지 못한다. 이것이 바로 내가 9시가 되어서야 출근하는 이유다. 공무원들에게도 아침의 여유를 주고 싶다.

아침이 있는 삶도 중요하지만 저녁이 있는 삶 역시 중요하다. 하루를 되돌아보고 가족들과 모여 앉아 어떤 하루를 보냈는지 대화하면서 각자의 하루를 마감하는 가정이 늘어난다면, 사회에서 벌어지는 여러 가지 문제들이 해결될 것이다.

# 행복은 찾는 사람
# 눈에만 보인다

나의 정치 목표는 사람들이 행복한 삶을 살게 해
주는 것이다. 나 역시 개인적으로는 나 자신의 행복을 우선적으로
추구한다. 누구든 개인적으로 얼마나 만족한 삶을 사는가는 그 사
람의 마음가짐에 달렸다. 나와 생각이 다른 누군가가 나를 보면
'이혼해서 가족과 떨어져 있고 도지사 업무에 쫓기고 각종 인터뷰
요청과 소화해야 할 스케줄 때문에 즐길 시간도 없으니 무슨 재미
로 살까' 싶을 수도 있을 것이다. 그러나 나는 개인적으로 굉장히
행복하다고 느끼는 순간이 많다. 찾으면 눈에 보이는 것이 행복이
기 때문이다.

나의 행복은 구체적으로 이런 것이다. 일단 늘 하던 대로 아침 시
간을 귀하게 보낸다. 일어나던 시간에 일어나서 기도와 명상을 하

고 『성경』을 읽은 다음 운동을 한다. 이 모든 과정에서 내 몸과 정신이 차오르는 듯한 행복을 느낀다. 스트레칭을 하는데 어제보다 1센티 더 내려갈 때, 아침에 같은 시간에 일어나서 샤워를 하고 몸무게를 쟀는데 300그램 정도 살이 빠졌을 때, 내심 기쁠 뿐만 아니라 혼자 좋아서 소리 내어 웃을 때도 있다.

나는 내가 생각하는 행복에 어느 정도 가까이 가 있는 것 같다. 내가 생각하는 행복이란, 사람들이 자기가 하고 싶은 일을 하고, 거기에 걸맞은 수익을 얻으면서 먹고 싶은 것을 먹고 입고 싶은 것을 입으면서 즐길 수 있는 여유가 있는 상태다. 삶이 안정적으로 유지되는 가운데 책을 읽고 여행을 다니면서 다양한 기쁨을 누리고 그런 생활이 내가 죽을 때까지 가능한 것이 행복 아닐까?

조금 안타까운 것은 요즘은 바빠서 책을 읽을 시간이 나지 않는다는 것이다. 대신 운동하면서 미국 드라마를 많이 본다. 트레드밀 위에서 걷거나 달리면서 TV를 보면 되니 책을 읽는 것보다는 상대적으로 쉽다. 미드를 보든 영화를 보든 책을 읽든 그것을 보면서 어떤 생각을 하고 어떻게 받아들이냐에 따라 얻는 것이 달라진다. 대추 한 알을 보면서도 그 안에서 한여름의 뙤약볕과 대추가 익기까지의 오랜 시간, 자연이 뿌려준 물과 그 대추를 따낸 농부의 손길까지 생각해낼 수 있는 사람은 만화영화를 보면서도 인생 공부를 할 수 있다. 그러니 독서할 시간이 없어도 그 사실 때문에 절망하지는 않는다.

대신 『성경』은 매일 조금씩 읽는다. 특히 『시편』과 『잠언』을 좋아한다. 『시편』은 용기와 위안을 주는 내용이다. 『잠언』에는 인생의 지혜가 함축되어 있다. 『성경』 전체적으로 보면 제일 위대한 왕이 다윗과 솔로몬이다.

『시편』에 나오는 다윗은 골리앗을 죽이고 새로운 역사를 만든 사람으로, 그에게는 항상 큰 고난이 함께했다. 전 왕에게 죽임을 당할 뻔하고 막판에는 아들에게 쫓겨 다니면서 죽을 고비를 넘기지만 고난의 순간순간마다 용기를 잃지 않는다. 다윗의 아들이자 지혜의 왕인 솔로몬의 이야기가 나오는 『잠언』에는 삶을 현명하게 사는 지혜가 들어 있다. 그래서 나에게는 『시편』과 『잠언』을 읽는 것이 굉장히 많은 도움이 된다.


요즘은 사랑하는 사람이 있었으면 싶을 때가 많다. 그냥 같이 있으면 좋은 사람, 복잡하지 않고 서로 신뢰하고 모든 것을 다 보여줄 수 있는 사람이면 좋겠다. 물론 마음대로 되는 일은 아니다. 머리로 되는 것이 아니라 가슴으로 되는 일이기 때문이다.

길을 걷다가 혹은 사람들을 만날 때, 인상이 좋거나 매력적인 사람이 있다. 그런 사람을 만나는 것도 소소한 행복 중 하나다. 나이가 많건 적건, 여자건 남자건, 기혼이건 미혼이건, 사람을 보면 첫인상에 호감이 가는 사람이 있다. 이런 사람을 매일 한 명이라도 만날 수 있다면 그날 나는 잠들기 전에 미소를 짓고 있을 것이다.

# 정치란 부부 관계와
# 비슷한 것

　나는 요즘 정치가 재미있다. 나는 어릴 때 정치가를 꿈꾸지 않았다. 하지만 아버님이 돌아가신 것을 계기로 보궐선거를 통해 정치인으로 데뷔한 1998년 이래, 벌써 햇수로 20년째 정치인의 삶을 살아오고 있다. 정치를 하면 할수록 나름대로의 정치 철학이 생기고 어렴풋하던 정치 목표가 선명해져서 나는 요즘 어느 때보다도 즐거운 마음으로 내가 정치를 하면서 이루고자 하는 것들을 사람들에게 설파하고 다닌다.

　여당에 오래 있었고 가정사 때문에 언론에 오르내리기도 많이 했기 때문에 나를 비난하는 사람과 나를 좋아하지 않는 사람이 많다는 것도 잘 알고 있다. 나의 정책에 찬성하지 않는 사람도 많다. 나도 사람인지라 페이스북에 올라오는 비난 글이나 인터넷 댓글을 보며 상처를 받기도 하지만, 그래도 여전히 내가 정치인이라는 사실에 만족한다.

아내와 아이들과 같은 호적에 나란히 이름을 올리고 함께 사는 대신 경기도지사가 되었으니, 나는 정치를 하면서 가족과 아내를 잃은 셈이다. 지금도 여전히 연락하고 산다고는 하지만, 혼자 잠깨고 혼자 잠드는 생활을 매일 반복하고 있으니 말이다. 정치하면서 드는 회한 중 하나가 바로 이것이다. 정치한다고 20년 가까이 아이들과 잘 지내지 못했고, 아내 옆에 있으면서 마음을 보듬어주지 못했고, 그러다 보니 아이들은 어느새 훌쩍 커버렸다는 사실 말이다.

그러니 나는 사람들이 비난하는 대로 가화만사성(家和萬事成)조차 못 했으면서 치국평천하(治國平天下)를 하겠다고 하는 모양새가 되었다. 그런데 아이러니하게도 정치를 하다보니 정치라는 것이 부부 관계와 비슷하다는 사실을 깨달았다.


정치를 할 때는 어떤 문제를 해결해주는 것이 중요하다. 하지만 더 중요한 것은 사람들의 아픔에 공감하며 진심으로 '듣는' 것이다. 이런 점이 바로 부부 관계와 비슷하다는 것이다. 여자들이 속상해하는 일이 있으면 남자들은 해결책을 내주려고 한다. 몸이 아프다고 하면 "왜 바보같이 집에 앉아서 아프다고 하는데? 내일 병원에 가"라고 명쾌하게 결론을 내린다. 그리고 자신은 소파에서 마음 편하게 TV를 보는 식이다. 발생한 문제에 명쾌한 해답을 주었으니 문제가 해결되었다고 생각하지만 그런 남편을 보고 좋아할 아내는 아무도 없다.

아내에게 어떤 문제가 생겼을 때는 아내의 이야기를 들어주고 공감해주는 게 문제 해결의 시작이다. 민원인들도 마찬가지다. 경기도청에는 '언제나 민원실'이 있다. 경기도청 콜센터나 언제나 민원실을 방문해서 '도지사 좀 만납시다'를 신청하면, 신청한 순서에 따라 매주 금요일 경기도청 '언제나 민원실' 또는 경기도청 북부청사 '종합민원실'에서 직접 나를 만나 도정 관련 민원상담을 할 수 있다. 물론 금요일에 다른 일정이 있을 때는 어쩔 수 없이 건너뛰는 경우도 있지만 가능하면 빠짐없이 민원인들과 마주 앉으려고 노력하고 있다.

사실 민원상담을 하다보면 해결해줄 수 있는 일도 있지만 해결해줄 수 없는 일들도 많다. 최근의 예를 들어보자. 2017년 1월 둘째 주 금요일에 83번째 '도지사 좀 만납시다' 민원상담을 진행했다.

가평군에서 온 민원인은 가평 도시계획도로 개설공사 관련 수용절차가 부당하게 진행됐으므로 자신이 실질적으로 사용하는 땅을 돌려줘야 하고, 도로공사가 계획과 달리 S자 곡선으로 진행되어 사고를 불러일으켜서 현재 행정소송 중이라고 했다. 이어 조종천 제방 설치 계획과 관련해서도 민원을 제기했는데, 즉각 확인해본 결과 가평 도시계획도로는 관련 규정에 따라 적정하게 추진된 것이고, 조종천과 관련해서도 민원인이 잘못 알고 있는 사항이 있었다.

전후 사정을 알아본 나는 이렇게 말했다. "실무자들의 검토 결과 도시계획도로와 관련된 사항은 적법하기 때문에 경기도청에서 도울 방법이 없고, 조종천 기본계획 실효고시와 제방 설치는 절차에 따라 진행될 것입니다. 소송과 관련된 사항들은 경기도청에서 처리하는 행정의 영역이 아니라 법원의 판단에 따라야 합니다." 중요한 것은 이렇게 문제 해결을 못 해주더라도 안 된다고 솔직하게 말하는 것이다. "도와드리지 못해서 정말 유감이지만 안 되는 것은 안 된다고 말씀드리는 것도 우리의 역할입니다. 안 되는 것을 된다고 말씀드릴 수는 없어요"라고 말이다.

양평군에서 온 또 다른 민원인은 자신이 소유하고 있던 땅에 집을 지었는데 토지 일부(80제곱미터)가 비법정 현황도로에 편입되는 바람에 대지면적에서 제외되어, 부득이하게 3평 정도를 늘려 지은 것 때문에 준공허가가 나오지 않는다고 했다. 준공허가를 받을 수 있도록 도와달라는 것이었는데, 당장 건축물을 허물 수도 없고 방 자체를 늘어난 부분만큼 잘라낼 수도 없는 안타까운 현실이었다. 이럴 때는 나도 민원인의 입장이 되어 참으로 속이 상해서 어떻게든 도와주고 싶다. 방법은 초과된 3평만큼 땅을 사든지 3평을 잘라내는 것뿐인데 다른 묘안이 없는지 양평군 관계자에게 물었더니 "민원인이 바로 옆 토지를 매입해 건축변경허가를 받아 건축면적에 포함시키는 방안을 강구한다면 준공 허가를 하겠다는 입장으로 건축 행위에 대한 조치를 보류한 상태"라고 했다.

민원인 입장에서는 토지를 매입할 의향은 있으나 토지주가 가격을 올리려 해서 쉽지가 않다는 답변이 돌아왔다. 나는 "사정이 너무 안되셨네요. 만나서 잘 이야기해서 풀어보시죠. 교섭을 해보시고 안 되면 저라도 나서서 만나보도록 하겠습니다. 계속 보고를 받고 도와드릴 수 있는 길을 찾아보겠습니다"라고 답변하고 상담을 마쳤다. 두 건 모두 민원인들이 원하는 해답을 드리지는 못했다. 하지만 그분들은 처음 대화를 시작하던 때보다 훨씬 더 밝아진 표정으로 귀가했다.

민원인들을 만나면 이렇게 해결이 되지 않는 일들이 많다. 문제를 해결해주지 못했음에도 민원인들이 감사하면서 밝은 표정으로 돌아서는 것은 이야기를 듣고 같이 고민해주고 된다 안 된다 명확히 해줌으로써 불확실성을 제거해주었기 때문일 것이다. '희망고문'이라는 말이 있다. 안 되는 일이라면 쿨하게 끝내버리면 되는데 '될 듯 말 듯' 시간을 끌면 결국 안 될 일을 가지고 오랜 시간 동안 고문 아닌 고문을 당하게 된다. 그래서 민원인들을 만나면 문제를 해결해주는 데서도 보람을 느끼지만 해결이 안 될 때 포기하게 만드는 것도 잘한 일로 느껴진다.

어떤 문제가 해결되지 않고 있을 경우, 문제가 주는 피해보다도 그 문제에 집착하는 것 때문에 힘들어하는 민원인들이 있다. 기억에 남는 사례가 도로공사 때문에 땅이 흔들려서 그 영향을 받아 집

400명 이상의 민원인들과 만나 문제를 해결하면서 국민들에게 솔직해야 한다는 깨달음을 얻었다.

에 금이 가는 등 피해를 입었으니 보상받아야 한다고 주장했던 민원인이다. 따져보니 도로공사와 집에 금이 간 것 사이에 인과관계가 성립되지 않았다. 하지만 그분은 공사를 하지 않았으면 금이 가지 않았을 것이라는 확신을 가지고 있었고 따라서 그 문제에 집착할 수밖에 없었다.

민원 사항에 대해 심각하게 집착하는 민원인들이 가끔 있다. 포기하고 잊어버렸더라면 삶의 질이 훨씬 더 높아졌을 텐데, 그것 때문에 자신이 피해를 받았고 가족들도 불행해지고 문제가 생겼다면서 해결해달라고 한다. 모든 삶을 오로지 그 문제를 해결하는 데 쓴다. 얼마나 많은 부서를 다녔겠는가? 그럼에도 아닌 것은 결국 해결되지 않는다. 이런 분이 도지사를 만나서 해결하겠다고 찾아오면 나는 상황을 파악한 후 "제가 아니라 대통령한테 민원을 넣어도 이 일은 안 됩니다" 하고 단호하게 말한다.

진지하게 민원 내용을 듣고 상황을 파악한 후 "안 됩니다" 하고 단호하게 선을 그어주면, 그 민원인들이 화를 내며 돌아갈까? 아니다. 뭔가 문제가 있을 때면 정치인들은 보통 사람들의 고개를 끄덕이게 할 해결책을 내놓으려고 한다. 그것이 최선이라고 생각하기 때문이다. 하지만 민원 해소는 진심을 가지고 듣는 데서부터 출발한다. 잘 들어보고 해결책을 찾을 수 있으면 다행이고, 해결책이 없는 일이라면 없다고 말해주는 것이 옳다.

'도지사 좀 만납시다'를 통해 나에게 민원상담을 하는 상당수의 민원인들은 여기저기에서 이미 알아보고 안 된다는 것을 알고 있다. 그런데도 '혹시 공무원이 나를 속이는 것 아닐까. 도지사를 만나면 좀 달라지지 않을까' 하는 심정으로 찾아오는 경우가 많다. 왜냐하면 공무원들이 흔히 민원인들에게 "검토는 해보겠지만 어려울 것 같습니다"라고 말함으로써 약간의 미련을 남겨두기 때문이다. 하지만 처음부터 되는지 안 되는시 결론은 명확하게 정해져 있다. 그럴 경우 나는 공무원들에게 "됩니까, 안 됩니까?" 하고 묻는다. "어렵습니다. 안 됩니다." 이런 답이 돌아오면 나는 "안 됩니다. 포기하십시오"라고 확실하게 말해준다. 그러면 사람들이 화를 내지 않고 포기하는 경우가 많다. 그렇게 돌아가는 사람들 발걸음도 가볍다. '정말 안 되는 일이구나' 하고 깨끗하게 포기해버리면 그 문제로 고민하고 있을 때보다 홀가분하기 때문이다. 사람들은 불가능할 때보다 불확실할 때 더 갈등을 느낀다.

400명 이상의 민원인을 만나 문제를 해결하면서 나도 깨달음을 얻었다. 국민들에게는 무엇보다도 솔직해야 한다는 것이다. 정치인이 국민의 이야기를 듣고 솔직하게 이야기하고 불확실성을 제거해주면 의외로 사람들은 그다지 싫어하지 않는다. 진실은 통하는 법이기 때문이다. 거짓은 진실을 이기지 못한다.

이런 경험을 많이 하다보니, 나는 토론 장소나 뜻밖의 장소에서 공격적인 이야기를 듣거나 극렬한 비판하는 말을 들어도 흥분하지 않고 담담하게 받아들이는 편이다. 이런 나를 보고 이언경 앵커는

"맞더라도 전진하는 권투선수 스타일"이라는 표현을 쓰면서 "극렬한 사람을 만나도 당황하지 않던데, 그런 자세가 국회의원 하면서 훈련이 된 것인지"를 물었다. 맞다. 상대방의 공격에 같은 공격으로 응수하지 않는 나의 태도는 그동안 나를 공격했던 분들이 가르쳐준 것이다.

우리가 조심해야 할 사람들은 앞에서는 찬성하는 척하면서 뒤에서 비수를 꽂는 사람이지, 대놓고 따지는 사람이 아니다. 겪어보면 사람들이 화가 났더라도 보통 상대를 죽이지는 않는다. 목소리가 큰 사람일수록 오히려 '나는 때릴 생각 없거든!' 하는 심리와 비슷하다. 정말 공격할 사람은 조용히 와서 치명적인 공격을 한다. 목소리가 큰 사람은 오히려 마음이 약한 사람이 많다. 게다가 우리나라 국민들 자체가 독하지 않다. 그래서 보통 내가 먼저 다가가서 숨김없이 솔직하게 말하면 이해해준다. 하지만 나를 숨기고 얼버무리며 진실을 감추면 거기에서 문제가 생긴다. 한 사람을 오래 속이거나 모든 사람을 잠시 속일 수는 있지만, 모든 사람을 영원히 속일 수는 없는 법이다.

## Kill the Boy!
## Be a Man!

〈왕좌의 게임(Game of Thrones)〉이라는 미국 드라마가 있다. 이 드라마는 조지 마틴(George R. R. Martin)의 소설을 바탕으로 만든 시리즈물이다. 웨스터로스 대륙에 있는 윈터펠이라는 나라의 북방 한계선에는 거대한 얼음장벽이 있고, 특수정예부대인 나이트 워치가 지키고 있다. 이 얼음장벽 이북에는 '야인'이라는 강한 족속과 '백귀'라는 좀비 족속이 산다. 곧 겨울이 닥쳐서 웨스터로스의 전 대륙이 백귀에게 먹혀버릴 수 있다는 위기감을 감지한 새 사령관 존 스노우는 지금까지 자신들의 적이었던 야인들과 협상을 맺어야만 겨울과 백귀로부터 웨스터로스 전 대륙을 지킬 수 있다고 믿는다. 그러나 야경대 대원들은 그의 계획을 반대하고, 그는 야경대의 정신적 지주인 현사를 찾아간다. 그러자 그 현사가 말한다.

"Kill the boy and let the man be born."

'네 안에 있는 소년의 모습을 죽이고 어른이 돼라'는 뜻이다. 나는 'Kill the boy'라는 말에 깊은 감명을 받았다. 우리 민족, 우리 국가 안에 있는 부족한 모습을 버리고 대한민국을 리빌딩함으로써 'Man'으로 거듭나야 한다. 과거의 미성숙한 가치관을 버리고 진정한 남자가 되는 것, 이것이 우리 대한민국이 도약할 수 있는 유일한 길이다.

우리나라가 어른이 되기 위해 버려야 할 소년의 모습은, 예를 하나 들자면 국방 문제 같은 것이다. 우리는 국방과 안보의 대부분을 미국에 의탁하고 있는데 이 모습이 바로 Boy다. Man이 되려면 비용과 노력이 많이 든다. 그것이 바로 우리의 문제다. 계속 소년처럼 살 것인가, 어른이 될 것인가? 우리는 선택을 해야 한다.

조류독감을 예로 들어보자. 2016년 11월 중순부터 발생한 조류독감으로 인해 2017년 1월 말까지 약 3,300만 마리의 가금류가 살처분됐다. 조류독감의 발생 원인도 본질을 따지고 들어가보면 결국은 선택의 문제로 귀결된다. 조류독감은 정부의 문제다. 이 문제를 해결할 때 백신을 개발해서 주사하는 형식으로 조류독감을 억제하는 것은 질이 떨어지는 고기를 생산해야 한다는 문제를 야기한다. 값싸고 손쉬운 해결책을 찾아서 질 낮은 닭고기를 계속 파는 것은 Boy 국가가 선택하는 해법이다. Man 국가의 해법은 쾌적한 닭장에서 좋은 사료를 먹으면서 건강한 닭을 키우는 것이다. 비용이 많이 들고 닭고기가 비싸지고 시간이 다소 걸리겠지만, 대신 좋은 닭고기를 얻을 수 있다.

이렇게 국가가 Man이 되기 위해서는 우리 내부의 성찰과 비용이 필요하다. 우리에게는 이런 문제들이 너무 많다. 원자력 문제, 지진 안전 대책 부족, 안전 불감증 같은 것들이 모두 Boy의 모습이다. 원전 제로 사회로 가는 것이 바람직하다는 사실을 알고 있지만 원자력은 현존하는 제일 값싼 에너지라는 점이 우리의 발목을 잡는다.

그동안 우리나라는 지진 안전지대라고 여겨졌지만 2016년 9월 12일 경주에서 5.9 규모의 지진이 발생하면서 우리나라도 지진의 위협에서 벗어날 수 없다는 사실이 밝혀졌다. 지금 현재 상태로 우리나라에 지진이 나면 속수무책이다.

경주 지진과 여진이 계속되자 지진 대책을 세우려고 일본에 갔었다. 그런데 막상 일본에 가서 보니, 오랫동안 잦은 지진을 경험하면서 일본 정부와 국민이 기본적으로 합의한 것은 바로 '자신의 목숨은 자신이 지켜야 한다'는 것이었다. 큰 지진이 발생하면 단순히 폭탄이 터지는 정도가 아니라 핵폭탄을 맞아서 초토화된 것과 같은 상황이 벌어진다. 강도 높은 지진이 일어나면 여진이 계속 발생해 아무리 훈련이 잘된 정부도 72시간 동안 아무런 조치도 하지 못한다고 한다.

따라서 정부와 국민 사이에 "72시간 동안은 아무것도 못 합니다. 스스로 준비하십시오"라는 인식이 공유되어 있다. 1995년 1월에

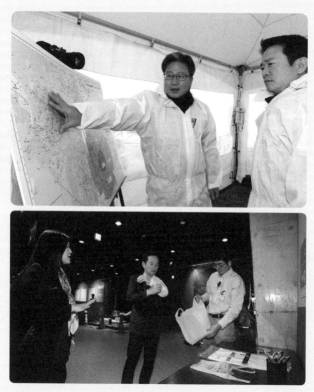

조류독감 발생 현장과 도쿄 내 지진 관련 센터를 방문한 나는 우리나라가
Boy에서 Man이 되어야 할 때임을 절실히 느꼈다.

발생해 무려 6,300여 명이 사망한 진도 7.2의 고베 대지진 때도 살아남은 사람의 86%가 스스로 목숨을 구한 사람이었다고 한다. 땅이 갈라지고 건물이 무너지고 전기조차 꺼진 밤, 밥을 하기 위해 가스나 전기를 사용할 수도 없고 난방도 되지 않는 상황에서 72시간을 생존해야 한다. 우리나라에서 이런 상황이 발생하면 살아남을 사람이 얼마나 되겠는가?

이런 상황에서도 견뎌낼 수 있게 하는 것이 'Be a Man'이다. 우리나라는 1988년부터 내진설계가 의무화됐는데, 당시 건축법 시행령에 따라 6층 이상, 연면적 10만 제곱미터 이상의 건물에만 적용됐다. 그리고 2005년에서야 3층 이상, 연면적 1,000제곱미터 이상으로 기준이 강화됐다. 국가 전체적으로 보면 약 30%의 건물만이 내진설계가 되어 있다. 심지어 교육부 자료에 따르면 2015년 기준 전국 학교 건물 6만 1,670개 중 23.8%(7,553개)만 내진설계가 되어 있다고 한다. 이것이 바로 우리나라의 실정이다. 지진 피해가 났을 때 최소한의 보호 장치를 마련하려면 엄청난 돈을 들여 내진설계를 강화해야 한다. 공공건물은 국가가 한다지만, 개인 건물의 경우 자기 돈 들여서 해야 한다.

이런 것들을 하나하나 준비하고 극복해나가야 한다. 일본 국민들은 그래서 72시간 동안 스스로 살아남기 위한 물품을 구입한다. 지진이 남의 나라 일이 아닌 지금, 우리나라도 지진 대비 물품을 각자의 집에 갖추고 있어야 한다. 경기도의 경우 2017년도에는 경기도주식회사에서 만든 라이프세이브 팩을 구입해 주변에 선물하자는 내용의 캠페인을 벌일 예정이다. 국민 각자가 싼 가격에 좋은 라이프세이브 팩을 구비할 수 있도록 정치인들이 노력해야 한다는 생각에서 계획한 캠페인이다.

Man은 말로 되는 것이 아니라 행동과 비용이 필요하다. 나 개인적으로도 그렇다. 지금까지 나는 새누리당 소속으로 당의 기득권을 상당히 누려왔고 최순실 사태를 맞아 새누리당에서 탈당하면서 Man이 되었다. 거대 정당인 새누리당 안에서 투쟁했던 것은 Boy였던 셈이다.

# 나는 참 모자란
# 사람입니다

나는 미국 드라마를 즐겨본다. 최근 재미있게 보고 있는 작품은 〈이스라엘 왕들의 전쟁(Of Kings and Prophets)〉이다. 우리가 『성경』을 통해 잘 알고 있는 사울과 다윗의 이야기가 주 내용이다. 〈이스라엘 왕들의 전쟁〉을 보면서 최근 느끼고 있는 것은 '나는 참 모자란 사람입니다'라는 자각이 중요하다는 것이다.

나는 직업상 다양한 계층의 사람들을 정말 많이 접하곤 한다. 그 중에는 가끔 자신은 오류가 없다고 생각하는 이들이 있다. 자기 자신에 대해 지나치게 확신을 갖는 것이다. 내가 옳다는 확신을 가지고 있으면 상대방과 의견이 어긋날 때 상대방이 그르다는 결론을 내리게 된다.

내가 도덕적으로 모자란 사람이라고 생각하는 것은 참 중요한 인간의 덕목이다. 개인적인 생각으로는 '민주적 품성'을 갖추려면 '내가 모자랍니다'라는 생각을 가지고 있어야 한다. 그래야 자신과 생각이 다른 사람과 대화가 가능하기 때문이다.

도덕적으로 완벽한 사람이 있을까? '도덕적'이라는 것은 시대와 상황에 따라 다르게 정의된다. 예를 들어 공자가 살았던 시대에는 인육을 먹는 것이 도덕적으로 잘못된 일이 아니었다. 공자 역시 인육을 먹은 적이 있다. 하지만 오늘날 우리나라에서 누군가가 인육을 먹는다고 하면, 그 사람은 도덕적으로 엄청난 비난을 받을 것이다. 우리나라 사람들은 아무렇지도 않게 먹는 보신탕이 프랑스쯤 가면 더없이 야만적인 행위로 비쳐지듯이 말이다.

〈이스라엘 왕들의 전쟁〉은 『성경』을 바탕으로 한 드라마이기 때문에 내용 자체는 새로울 게 없다. 그런데 재미있는 사실은 우리가 '선하다'는 이미지를 갖고 있는 다윗 역시 오늘날의 잣대로 보면 인간적으로 도덕성이 정말 '아니올시다!'라는 것이다.

다윗을 비롯한 우리 모두는 흠결이 있는 인간이고, '흠결이 있다'는 것 자체가 민주적일 수 있다. 그 흠결이 천인공노할 만한 것이 아니라면 상대방의 흠결과 나의 흠결은 경중이 없다. '오십보백보'라는 말이 있다. 맹자(孟子)에 나오는 이야기로 적을 피해 50걸음 도망간 사람이나 100걸음 도망간 사람이나 도망친 것은 마찬가지라는 말이다.

'나는 참 모자란 사람입니다.' '내가 도덕적으로 부족합니다.' 이렇게 생각하면 의견이 어긋나더라도 상대방을 비난하지 않을 수 있다. 네거티브하지 않을 수 있는 것이다. 그래서 나는 선거를 치를 때나 정책 대결을 할 때 네거티브를 하지 않으려고 노력한다. 내 잘못이 있으면 그냥 솔직하게 털어놓고 들어간다. 그것이 당장에는 제일 힘들어도 이후의 비용을 따져보면 가장 합리적이다.

정치가의 품성도 마찬가지다. '내가 모자랍니다.' '미안합니다.' '(안 되는 일이라면) 안 됩니다.' 이렇게 생각하고 말해야 한다. 안 되는 것을 알면서 숨겨도 안 되고, 잘못한 것을 알면서 가려도 안 되고, 자신의 잘못보다 상대의 잘못이 더 크다고 비난해서도 안 된다. 내가 옳다고 확신하고 있으면 더더욱 곤란하다.

# 정치인 남경필의 용기

4

부끄럽지 않은
삶을 위하여

## 8년 전 접었던
## 도지사의 꿈에 재도전하다

　2012년 5월 다섯 번째로 국회의원에 당선된 후, 나는 '정치인으로서 나에게 주어진 시간은 얼마나 될까'를 생각했다. 다섯 번 당선되기까지 긴 시간 정치인으로 살아왔지만, 돌아보면 화살처럼 쏜살같이 흘러가버린 시간이다. 이제 국가와 국민을 위해, 또 정치인으로 살아온 스스로의 시간을 돌아보며 부끄럽지 않기 위해 나에게 남겨져 있는 정치인으로서의 시간 동안 무엇을 해야 할지 고민해야 했다. 조금씩 성찰하고 성장할수록, 내가 무엇이 되는가 하는 것은 그리 중요한 문제가 아님을 느꼈다.

　나는 19대 국회의원 시절 5선의 중진의원으로서 대한민국의 정치를 바꾸고 잘못된 시스템을 바로잡는 일을 목표로 삼고 의정 활동을 해왔다. 19대 국회에 들어 뜻을 같이하는 새누리당 의원들과

'경제민주화실천모임'을 만들어 각종 재벌 개혁과 공정경제 실현 방안을 모색했고, '대한민국 국가모델 연구모임'을 만들어 독일 등 선진 국가의 교육, 복지, 정치, 통일 등 다양한 분야의 시스템을 연구하고 우리 문제에 접목시키는 길을 찾기 위해 노력했다.

개인적으로 대통령이 되고, 도지사가 되고 하는 것은 중요한 문제가 아니라고 생각했고 지금도 그 생각에는 변함이 없다. 당시 내가 하고자 한 일은 정치 시스템을 바꾸고, 사회의 부조리한 점들을 개선하는 것이었다. 그 목표를 가장 힘 있게 해낼 수 있는 위치는 집권여당의 원내대표였다. 그것이 새누리당을 바꾸고, 우리 정치를 바꾸고, 대한민국을 바꿀 수 있는 가장 좋은 길이라 생각했다.

19대 국회의원이 되고 나서 첫 번째 원내대표 선거를 치를 당시 나는 김기현 현 울산시장과 러닝메이트로 함께 출마했다. 당시 나—김기현, 이주영—유일호, 이한구—진영 이렇게 3개 조가 원내대표와 정책위의장 후보로 출마했다. 결과적으로 실패한 도전이었지만, 자타 공인 친박 후보를 상대로 의미 있는 결과를 얻었다고 생각하며 새누리당의 변화 가능성도 느꼈다. 그래서 하반기에는 아쉬운 첫 번째 원내대표 선거 패배를 딛고, 다시 원내대표에 도전해서 당의 변화와 이를 통한 정치의 변화, 그리고 대한민국의 변화를 이끌고자 했다.

정치 입문 당시부터 한나라당이 바뀌어야 정치가 바뀌고, 그래야 대한민국도 바뀔 것이라 믿었다. 때로는 당 내의 벽에 부딪쳐도 홀

홀 털고 일어나 다시 부딪칠 수 있는 힘을 낼 수 있었던 것은 이런 확신이 있었기 때문이다. 지금도 보수가 흔히 다룰 수 있는 주제를 진보에서 이야기하고, 진보에서 다루기 좋은 주제를 보수에서 주장할 때 문제 해결이 더 쉬워진다고 생각한다. 진보와 보수 프레임에 갇혀 전통적으로 그 세력에서 해오던 주장만 반복하는 것은 스스로를 고립시키는 일이다.

도지사의 길을 전혀 생각해보지 않은 것은 아니었다. 2006년 지방선거를 앞두고 나는 도지사로 행정 경험을 쌓는 것을 목표로 정했다. 당시 여당은 열린우리당이었고, 한나라당에서는 김문수 당시 국회의원과 내가 출마 결심을 하고 경쟁하고 있었다. 나는 젊음과 패기로 도지사 도전을 결심했고, 당시 당내 경쟁 주자들 중 김문수 의원과 내가 유력한 것으로 주목받고 있었다. 마흔을 갓 넘긴 많지 않은 나이였다.

그런데 얼마간의 준비 뒤, 출마 생각을 접었다. 당시 아직은 어린 나이라는 핸디캡도 분명했고, 아내도 도지사 출마를 반대했을 뿐 아니라, 김문수 지사가 나보다 더 나은 후보일 것이라는 판단을 했기 때문이다. 결국 김문수 지사를 돕기로 했다. 김문수 지사는 큰 표 차이로 당내 경선에서 승리했고, 본선에서도 압도적인 표 차로 당선되어 도지사를 재선했다. 나는 2006년 지방선거 후, 김문수 당선인의 인수위원장을 맡았다. 이로부터 8년이 지난 2014년 초까지도 나는 도지사보다는 원내대표 출마에 마음이 기울어 있었다.

도지사 선거는 2014년 6월 4일이었다. 2013년 연말과 2014년 연초, 원내대표를 준비해온 나에게 도지사 출마 권유가 이어졌다. 김문수 도지사는 3선 도전을 하지 않겠다고 공언한 상태였다. 그리고 새누리당 내에서 경기도지사 출마 의지를 밝힌 주자는 정병국, 원유철, 김영선 의원 등이었는데, 여론조사 결과 세 후보 모두 야당 후보로 예상되는 김진표, 김상곤 후보에게 지는 것으로 나왔다. 그런데 감사하게도 새누리당 후보로 내가 출마할 경우로 가정한 여론조사에서는 거의 예외 없이 내가 당선된다는 결과가 나왔다.

이런 여론조사 결과를 주변뿐 아니라 당에서도 무시할 수 없었을 것이다. 8년 전에 양보했던 도지사의 꿈을 이룰 기회라고 주변에서 공식, 비공식적으로 권유했다. 나는 여러 차례 원내대표 출마 의지를 밝혀왔으나 언론에서도 나를 여당 후보로 상정하고 여론조사를 돌리는 일이 보통이었다.

민선 6기 지방선거를 앞두고 새누리당에서 승리를 장담할 수 있는 광역자치단체는 많지 않았다. 박근혜 대통령 당선 후 1년 남짓 지난 시점이었지만, 친박계에 대한 국민적 불만은 이때도 적지 않았다. 당을 친박이 장악하고 있었음에도 그들의 대중적 인기는 정치적 명성에 걸맞지 않았다. 텃밭인 대구 경북 지역을 제외하고는 승리를 장담할 수 있는 곳이 많지 않았다.

수도권은 더더욱 어려운 상황이었다. 서울은 박원순 시장이 재선을 노리고 있었고, 인천에서는 송영길 시장에게 유정복 후보가 도전하는 상황이었지만 당시 시장인 송영길 후보의 당선 가능성이 더 높았다. 친박 의원들이 당의 주류였지만 국민적 인기가 없어서 마땅히 내세울 후보도 없었다. 그러니 수도권을 모두 야당에 내주고 대구 경북 지역정당으로 추락할 수 있는 위기에서 당은 나를 후보로 내세우고 싶었을 것이다.

한편으로는 친박이 장악한 새누리당에서 경제민주화실천모임과 대한민국 국가모델 연구모임을 이끌면서 쇄신파 의원들을 규합해 주류와 다른 목소리를 내는 남경필이 지자체장을 맡아 나가면 쇄신파의 한 축이 빠져 입맛대로 당을 끌고 가기 수월할 수 있겠다는 계산이 담겨 있었는지도 모르겠다. 이유야 어쨌건 출마 압박은 날이 갈수록 심해져갔다. 지인은 물론 당지도부에서도 수도권을 모두 야당에 내어주면 집권 초반인 박근혜 정부가 추진력을 잃을 수 있다고 우려하며 출마를 강권했다.

나는 원내대표에서 도지사로 방향을 수정하는 것에 대해 심각하게 고민하지 않을 수 없었다. 이제껏 어린 나이에 당의 공천으로 정치를 시작해서 5선을 해온 것이 모두 내 개인의 능력으로 이룬 일이라고 생각지 않는다. 정치뿐 아니라 다른 일도 그러하겠지만, 내가 원하는 일만 하고 내가 원하는 길만 걸을 수는 없는 것이 정당생활이다. 내 생각과 다르더라도 때로는 원치 않는 길을 걷는 것이 속해 있는 당의 이익에 부합한다면 내 자신의 욕심을 버려야 할 때도 있다.

그래서 2014년 초, 모든 가능성을 열어두고 다시 고민하기 시작했다. 선거구의 가까이 지내던 지지자들, 개인적 친분을 가지고 지내던 사람들 등 내게 조언해주는 사람 가운데 절대 다수가 도지사 선거 출마를 권유했다. 8년 전 접었던 목표를 실현하라고, 대한민국을 바꾸겠다는 목표가 허황되지 않았음을 경기도지사가 되어 도정을 통해 증명해보라고 했다. 긍정적으로 다시 생각하자 도지사의 매력이 커 보이기 시작했다. 결국 마지막 판단은 경기도지사직에 도전하는 것이었다. 경기도정을 통해 도민의 행복을 더하고, 협치의 사례를 만들어내기로 결심한 것이다.

# 새벽부터 자정까지,
## 'All or Nothing'의 승부

　　2014년 3월 9일 나를 5선 의원으로 만들어준 고향 수원의 지동시장에서 출마 선언을 하는 것으로 도지사 선거운동의 첫걸음을 뗐다.

　　그 이전인 3월 6일에는 도지사 선거 출마를 공식화하고 제일 먼저 천주교 수원대교구 이용훈 주교, 용주사 정호 스님, 수원사 포교당 성관 스님 등 종교계 지도자를 찾아가서 조언을 청하고 말씀을 들었다.

　　경기도에는 대한민국 인구의 4분의 1인 1,300만 명이 살고 있다. 서울특별시를 빙 둘러서 남쪽으로는 용인, 안성, 화성부터 북쪽으로는 연천, 동두천, 포천, 가평까지 거리가 넓어서 선거 유세를 위해 이동하는 것도 쉬운 일이 아니었다.

나는 항상 일찍 일어나 기도하고 명상하는 것으로 하루를 시작한다. 전날 늦은 시간까지 일정이 있어도 아침에는 일찍 일어나는 것이 습관화되어 있다. 바쁘게 흘러가는 하루 속에서 일찍 깨어 있는 새벽 시간이야말로 나를 '나답게' 유지해주는 중요한 시간이다. 누구에게도 방해받지 않고 나를 만날 수 있는 시간이기 때문이다. 이 시간에 기도하고 명상하는 것이야말로 포기할 수 없는 하루 일과인 것이다.

그런데 선거운동에 돌입하고 나서는 새벽에 혼자서 명상하고 기도하는 것도 사치라는 생각이 들었다. 더구나 남들보다 한발 늦은 출발선에서 시작했으니 한 걸음이라도 더 걷고 한 사람이라도 더 만나야 했다.

그래서 선거운동이 시작되면 후보들은 항상 아침 일찍부터 움직인다. 한 명의 유권자라도 더 만나고 그분들의 목소리를 듣고 악수 한 번이라도 더 하기 위해서다. 선거 벽보에서만 보는 후보보다 얼굴을 직접 보고 손을 맞잡은 후보에게 더 시선이 가고 믿음이 가는 것은 너무도 당연한 일이다. 선거운동 기간이 정해져 있기 때문에 집에 있어도 마음이 편하지 않다. 그래서 이른 시간부터 거리로 나오는 것이 선거에 임하는 후보들의 일반적인 모습이다.

하지만 이렇게 애타는 후보들의 마음과 달리 현실은 냉정하다. 이른 시간에 거리로 나와도 사람들이 별로 없다. 게다가 그 시간에 거리로 나와서 하루를 시작하는 사람들은 바빠서 명함 받고 인사

선거 포스터를 보자 본격적인 선거전이 시작됐다는 실감
이 났다.

한 마디 듣기도 전에 종종걸음으로 갈 길을 가는 경우가 많다. 새벽 대여섯 시부터 명함 돌리기를 시작해도 들인 공에 비해 만나는 유권자가 다른 시간대에 비하면 너무 적어서 효율로 치면 남는 장사가 아니다.

하지만 효율이 낮다고 해서 그 시간을 집에서 보낼 수는 없다. 잠들어 있는 것도 게으른 일이지만, 혼자만의 시간을 즐기는 것도 무책임한 일이다. 더구나 나는 다른 후보들보다 늦게 출발했기 때문에 문제는 시간이었다. 누구에게나 똑같이 주어지는 24시간인데 내가 후발 주자였으므로 효율적인 시간 관리가 중요했다.

고심 끝에 내가 선택한 방법은 어차피 매일 하는 새벽기도를 혼자서 하지 말고 사람들이 있는 곳에서 함께하자는 것이었다. 새벽 시간 어떤 선거운동이 효과적일지만 고민했던 것은 아니다. 매일 새벽 깨어서 기도해왔으니, 그 시간을 조금 더 선거와 연결시킨 것뿐이었다.

그리고 출마 선언 다음 날부터 매일 새벽기도를 하기 위해 교회에 갔다. 내가 다니는 수원의 교회가 아니라 경기도 여기저기에 있는 교회를 찾았다. 교회마다 다르지만 새벽기도는 보통 5시에 시작하는 곳이 많았다. 차가 막히지 않는 새벽 시간을 이용해 하루 일정이 시작되는 지역의 교회에 가서 새벽기도를 하는 것이 내게는 아주 자연스러운 일이 됐다.

바쁜 하루를 보내고 선거를 도와주는 분들과 저녁 식사를 하면서 대책회의까지 하면 보통 밤 9시나 10시가 넘어야 일과가 끝났다. 11시경이 되어서야 집에 도착하는 날이 대부분이었다. 그 시간에 도착해서 잠시 눈을 붙인 후에 의정부나 양주, 연천, 포천 같은 먼 곳의 교회까지 가려면 집에서 4시 이전에 출발해야 하는 날이 많았다.

통행량이 많지 않은 새벽 시간이라 가까운 곳은 금방 갈 수 있었지만, 의정부나 양주 연천 같은 곳의 교회를 가려면 거리 때문에 꽤 긴 시간이 걸렸다. 혼자 운전하고 가는 것은 어려운 일이었기 때문에 수행하는 비서관 한 명, 운전하는 비서관 한 명과 3명이 거의 모든 일정을 함께했다. 그 친구들에게는 너무 미안한 일이었지만 선거까지 남은 날이 많지 않았기 때문에 일단 선거를 치르고 보자는 생각이 우선이었다.

그 두 사람은 사실 나보다 더 힘들었다. 일과를 마치고 나서 나를 우리 집에 내려주고 각자의 집으로 돌아갔으니, 내 귀가 시간보다 늘 더 늦게 귀가했다. 우리 집에서 자신들의 집까지 거리가 있으니 각자의 집으로 가서 잠을 청하기까지 한 시간은 걸렸을 것이다. 그리고 아주 짧은 시간을 자고 나를 4시에 태우러 오기 위해 그들은 3시면 일어났다고 했다. 얼마나 피곤하고 잠이 부족했을지 짐작이 가고도 남는다.

새벽기도를 마치고 밖으로 나와서 차를 찾으면 차가 저 멀리에 서 있는 경우가 더러 있었다. 내가 나와도 차가 움직임이 없어서 교인들과 인사를 나누고 차 앞으로 걸어가보면, 두 사람은 차 안에서 곤히 잠들어 있곤 했다. 얼마나 피곤한지, 그럴 때의 한 시간 꿀잠이 얼마나 맛있는지를 알고 있기에, 곤히 잠들어 있는 두 사람을 깨우려면 항상 미안한 생각이 들곤 했다.

고 3 학생들이나 학부모들은 수능시험을 너무 가혹한 시험이라고 한다. 초등학교 때부터 12년, 중학교 때부터 6년, 고등학교 때부터만 계산해도 3년 동안 대학 입학을 위해 열심히 공부한 것을 단 하루 만에 성적으로 평가받기 때문이다. 하필이면 수능시험을 보는 날 아프거나 교통사고를 당하는 사람도 있고, 엄마가 깜빡 잊고 휴대전화를 도시락 가방 속에 넣어두는 바람에 시험 도중에 교실에서 퇴장당한 학생도 있다. 그 오랜 세월의 노력이 단 하루 만에 평가받는다는 것은 얼마나 가혹한 일인지 모른다. 그래서 나는 지금의 대입제도가 마음에 들지 않는다.

가혹하기로는 선거도 수능시험 못지않다. 대통령 선거든 국회의원 선거든 자치단체장 선거든, 선거전에 기울인 모든 노력이 당선이냐 낙선이냐만으로 평가받는다. 단 한 표만 더 얻어도 그 사람이 당선자이고 2등의 노력은 '무(無)'로 돌아간다. 각 후보자들은 당선이냐 낙선이냐를 두고 'All or Nothing'의 승부를 벌인다. 그래서 살인적인 스케줄을 감당하기도 하고, 무리한 승부수를 던지기도 한다.

길다면 길고 짧다면 짧았던 그 기간 동안 한 팀으로 나와 모든 시간을 함께하며 견뎌준 두 사람에게 고맙다. 나중에 두 사람은 나에게 고백하길, "선거 기간 동안 토요일이 가장 좋았다"고 했다. 토요일은 새벽기도가 없는 날이었기 때문이다.

돌이켜보면 새벽기도에 나가기로 결정한 것은 넓은 경기도에서 선거운동을 하는 사람으로서 하루를 시작하기에 최선의 방법이었던 것 같다. 새벽에 움직였기 때문에 아침 일정에 맞춰 차 많은 시간에 멀리 의정부로, 양주로 향하지 않아도 좋았다. 그리고 나는 새벽기도를 하는 시간을 진심으로 즐겼고 행복했다.

조금은 서둘러 일어나야 했기에 잠에서 깨는 게 힘겨운 날도 있었지만, 교통 체증도 전혀 느끼지 못하고, 매일 가보지 못한 새로운 교회를 찾아 그곳의 교인들과 함께 기도하면서 시작하는 하루는 오히려 감사한 일이었다.

# 네거티브 없이
# 정책 대결로만 승부하다

　내가 도지사 출마를 하지 않겠다고 하다가 결국 도지사에 출마했을 때, 여당 후보와 야당 후보 모두 나를 경계했다. 여론조사 결과가 나에게 유리한 것으로 나오고 있었기 때문에 경쟁자들 입장에서는 너무나 당연한 일이었다. 이미 선거전이 불붙고 있는데 후발 주자로 뛰어든 나는 주변의 경계까지 받으면서 남들보다 더 열심히 돌아다녀야 했다.

　흔히 선거에서 빠지지 않는 것이 상대 후보에 대한 네거티브 공세다. 병역 기피 논란, 색깔론 등 자극적인 소재로 상대 후보를 공격하는 것이다. 가십거리를 좋아하는 사람들은 네거티브 캠페인을 더 쉽게 기억한다.

　구체적인 근거도 없이 상대 후보에 대해 자극적이고 그럴듯한 소문과 의혹을 제기하면, 그 이야기를 들은 사람들은 그렇다고 믿건 믿지 않건 상대 후보를 떠올릴 때 그 의혹부터 떠올리게 된다. 그리고 사람들은 생각한다. '아니 땐 굴뚝에 연기 날까?' 그 소문이 꼬리에 꼬리를 물면, 사실이 아니라는 것이 밝혀져도 네거티브의 대상이 된 후보가 입은 치명타는 완전히 회복되지 않는다.

선거를 할 때 상대 후보에 대해 도 넘는 비난을 하는 경우도 마찬가지다. 근거 없는 비난으로 떨어진 신뢰도를 회복하기란 쉽지 않다. 나중에 그 사실이 허위임이 밝혀지더라도 보통은 이미 선거 결과가 나온 다음이다. 억울해도 선거 결과를 뒤집을 수는 없다.

네거티브 공세를 듣는 유권자들 입장에서는 어떤 주장이 네거티브이고 어떤 주장이 사실인지 판단하기가 쉽지 않다. 선거는 유권자의 표를 가지고 하는 전쟁이다. 기업의 목표가 이윤 창출이듯 정당의 목표는 정권을 차지하는 것이기 때문에, 어쩌면 선거를 하면서 상대방을 공격하는 것은 당연한 일일 수도 있다.

문제는 근거 있는 사실로 공격하는지, 근거 없이 상대방을 공격하기 위해 중상모략을 하는지다. 듣는 유권자들이 진위를 가려낼 수 있으면 좋겠지만, 사람들은 여러 실험으로 증명되었듯이 '듣고 싶은 것만 듣고 보고 싶은 것만 보는' 존재다. 그리고 한 편을 지지하고 다른 한 편을 백안시하는 사람들은 지지하는 편에서 아무리 나쁜 행동을 해도 결정적인 순간에 자기편을 배신하지 않는다.

나는 네거티브를 좋아하지 않는다. 상대 후보가 나를 비난할 때

나도 상대방을 비난할 재간도 없거니와, 상대방을 비난하고 나면 내 기분이 나빠진다. 사실 최근 박근혜 대통령 탄핵정국을 거치면서 문재인 전 대표와 이재명 성남시장을 감정적으로 비판한 적이 있는데, 그렇게 하고 보니 마음이 너무 불편했다. 그래서 앞으로는 다른 사람을 비방하지 않고 정책으로만 승부하기로 다시 한번 결심했다.

당시 도지사 후보로 출마하면서 유력한 상대 후보에게 "유세 차와 로고송 그리고 네거티브가 없는 차분하고 깨끗한 3무(無) 선거를 하자"고 제안했다. 그런데 상대 후보 측에서 내가 방위병으로 근무한 것으로 굉장히 비방을 했다. 나의 경우 병증이 있어 방위로 판정 났을 뿐만 아니라 두 아들이 모두 선거전 당시 현역군인으로 복무하고 있었다. 솔직히 이쪽에서도 같이 받아치고 싶었다. 참모들은 우리도 네거티브 하자, 우리도 군대 이야기를 하자고 했다.

그날 저녁 화가 조금 난 상태로 잠이 들었다. 그런데 참으로 이상한 꿈을 꾸었다. 내가 태어나서 지금까지 지은 죄를 주마등처럼 꿈속에서 본 것이다. 꿈에서 깨어나니 이상한 기분이 들었다. '이게 뭘까?'라고 생각하면서 나갈 채비를 하고 부천에 있는 교회의 새벽기도에 참석했다. 그냥 찾아간 교회였는데, 그 교회의 담임목사님이 해외에 가시고 없어서 원로 목사님이 새벽기도를 인도하시면서 설교 대신 『성경』을 읽어주셨다.

"남을 비판하지 말라. 그러면 너희도 비판받지 않을 것이다. 남을 단죄하지 말라. 그러면 너희도 단죄받지 않을 것이다. 남을 용서하여라. 그러면 너희도 용서를 받을 것이다.”

『누가복음』6장 37절이었다. 머리를 한 대 얻어맞은 기분이었다. 네가 비판받기 싫으면 비판하지 말라는 메시지가 귀에 딱 꽂혔다. 나는 잠시 네거티브의 유혹을 느꼈던 것을 반성하고 아침에 가서 대변인에게 “네거티브는 절대 안 합니다. 정책 대결만 하겠습니다”라는 메시지를 내보내게 하고 선거에 들어갔다.

그리고 결과는 근소한 차이기는 했지만 우리의 승리였다. 나 스스로 자랑스러운 것은 내가 끝까지 네거티브를 하지 않고 나의 이야기만으로 선거운동을 하면서 선거를 마칠 수 있었다는 점이다. 네거티브를 하지 않고 선거를 치른 덕분에 선거가 끝나고 나서 도정을 하면서 연정을 할 수 있었고, 그것은 나의 가장 큰 정치적 자산이 되었다.

# 진도에서 세월호 유가족들과
보름을 지내며

2014년 4월 16일 오전, 나는 차를 타고 가다가 충격적인 뉴스를 접했다. 안산 단원고 학생 325명을 포함한 476명의 승객을 태우고 인천에서 제주도로 향하던 세월호가 진도군 앞바다에서 침몰했다는 것이었다. 가슴이 덜컹 내려앉으면서 보통 심각한 일이 아니다 싶어 앞이 캄캄해졌다.

그날 정병국 의원과 OBS에서 당내 후보 선출을 위한 TV 토론회를 할 예정이었다. 그러나 두말할 것도 없이 진행하던 일정을 멈추고 경기도 교육청으로 향했다. 학생들 일이기 때문에 교육청에서는 상황을 정확히 알 것이라고 생각했으나 막상 가보니 교육청에서도 사실관계를 제대로 파악하지 못하고 우왕좌왕하고 있었다.

나는 정병국 의원에게 전화를 했다. 세월호에 탄 학생들이 구조

되지 못하고 있는 상황에 TV 토론이 중요한 게 아닌 것 같다고 뜻을 모으고, 각각 진도로 향하기로 했다. 계획되어 있던 TV 토론회 일정과 기타 일정을 모두 취소하고 진도로 출발했다. 경기도지사 경선을 준비하던 때여서 여러 일정들이 줄줄이 있었지만 하나도 귀에 들어오지 않았다. 300명 넘는 학생들이 뒤집힌 배 안에 갇혀 있다는 생각에 조바심만 날 뿐이었다.

진도에 도착한 것은 오후였다. 넋을 잃은 가족들이 그곳에 있었다. 이주영 해양수산부장관과 김문수 경기도지사 등 관계자들이 와서 인명 구조 대책을 의논했지만 대책은 겉돌았다. 인명 구조 헬기는 바다 위를 돌기만 할 뿐 학생들을 구조하지 않았고, 가족들은 높은 파도와 뒤집힌 배를 방송을 통해 보면서 울부짖고 있었다. 방송사의 거의 모든 채널에서 뒤집혀 가라앉고 있는 세월호 영상을 내보내고 있었다.

나와 정병국 의원은 그날부터 보름간 모든 선거운동을 중단하고 팽목항과 진도실내체육관에서 유가족과 함께했다. 학생들을 구조하지 못하고 가족들이 발만 동동 구르고 있는 기간이 그렇게 길어질 줄은 나도 몰랐다. 체육관에서 가족을 기다리는 유가족 곁에서 불편한 점은 없는지 들어드리고, 인맥을 동원해 이곳저곳에 필요한 요청을 했다.

읍내 여관을 잡아놓기는 했지만, 여관으로 가서 편안하고 따뜻한 잠자리에 누워서 잠을 잔 날은 손에 꼽는다. 새벽까지 유가족과 함께하다가 차에서 쪽잠을 자는 날이 더 많았다. 수많은 자원봉사자들이 와서 도움을 주려고 노력했고, 세월호 가족들을 위해 국민들이 보내온 물품들도 많았다. 만사 팽개치고 나와서 자원봉사하며 음식을 내오고 청소하고 유가족 곁을 지키고 위로했던 진도군민들에게 지금도 고맙다.

배는 가라앉는데 구조 소식은 들려오지 않고 날은 점점 어두워지고 있었다. 가족들은 대부분 체육관에 모여 있었는데, 절망감과 분노만 점점 커져갔다. 밤이 깊어지면서 체육관 안에는 해경과 정부 관계자들이 하나둘 모습을 감추기 시작했다. 마지막까지 남아 있던 김문수 경기도지사도 자정 이전에 돌아가고, 해경 관계자들마저 실무자만 남고 모두 돌아가버렸다. 체육관 안에 있던 사람들이 얼굴을 알아볼 만한 사람은 나와 정병국 의원 두 사람뿐이었다.

상상해보라, 배가 뒤집혀 있고 아이들이 그 추운 바닷물 속 배 안에 갇혀 있다고 생각하는 엄마 아빠의 심정을. 아이들이 두려움과 공포에 떨면서 바닷물 속에 갇혀 있는데 잠이 오겠는가? 배는 점차 가라앉고 시간은 자꾸 흘러가는데, 정부는 아무것도 못 해주고 날이 어두워지면 부모들이 어떻게 행동하겠는가?

새벽이 가까워 올수록 체육관 안에 있던 가족들은 분노와 광기에 휩싸이기 시작했다. 잠이 오겠는가, 먹을 것이 넘어가겠는가? 아이가 아프면 내가 대신 아프고 싶은 것이 부모고, 자식이 죽어가면 기꺼이 자식을 살려내고 대신 목숨을 내놓는 것이 부모다. 새벽 두세 시쯤 되자 분노한 부모들이 우리에게 몰려와서 하소연을 했다. 어디 가서 하소연할 데가 없으니 너무도 당연한 일이었다.

부모들이 얼굴을 아는 정치인은 나밖에 없으니까 나중에는 나에게 몰려와 항의를 하면서 의자로 나를 찍으려고 하기도 했다. 나는 가만히 있었다. 그저 분노를 표출할 대상이 필요한 것뿐 정말로 나를 내려찍을 생각은 없음을 알고 있었기 때문이다. 집어 들었던 의자를 던지고 우는 것이 전부였다. 얼마나 가슴이 미어지던지 나도 속으로 피눈물을 흘렸다. 나에게도 자식이 있다. 만일 내 아이들에게 그런 일이 벌어진다면 제정신으로 있을 수 있겠는가? 그때 내가 할 수 있는 일이라고는 가족들의 화풀이 대상이 되어주는 것밖에 없었다.

그렇게라도 절망을 표출하는 것이 그분들에게는 위안이 될 것이었다. 그냥 그 자리에 있으면서 욕을 얻어먹는 게 내가 그분들을 위하는 방식이었다. 내가 아무리 욕을 먹고 화풀이를 당한들, 자식과 가족이 바닷물 속에 있는 그분들 심정만 하겠는가. 그 상황에서는 욕할 상대라도 있어서 누군가에게 화풀이를 하지 않으면 속에서 불이 나서 미치거나 애간장이 녹아버릴 것이다.

내 스타일이 좀 그렇다. 멀리서 머릿속으로 생각하기보다는 생각하고 있는 것을 직접 몸으로 부딪쳐본다. 그러면 내가 당한다는 것을 뻔히 알면서도 그렇다. 그래서 나에게 누군가는 "스타일은 오렌지 같은데 그 안에 큰 해머가 있어서, 조용히 와서 팍 치고 실신시키는 스타일"이라고 했다. 앞도 뒤도 안 보고 그냥 돌파하는 스타일이다. 그것 때문에 손해를 보는 일도 많지만, 내가 그렇게 생겨먹은 걸 어떻게 할 것인가.

체육관에서 가족들과 함께 밤을 새우고 다음 날 새벽이 되었다. 뭔가 요구하고 싶은 것은 많은데 요구할 사람이 없으니 가족들이 우리에게 요구 사항을 말했다. 나와 정병국 의원은 김장수 실장에게 연락을 해서 진도와 육지를 연결하는 배를 한 척 조달했다. 그리고 17일 아침에 팽목항에서 실종자 가족들과 함께 그 배를 타고 세월호가 침몰한 현장으로 가서 구조 현장을 지켜보았다.

무엇이든 도움을 드리고 싶은 마음은 굴뚝같았지만, 당시 내가 할 수 있는 일은 많지 않았다. 그래서 솔직하게 털어놓고 사과하면서 대신 세월호 가족들과 함께 보름 정도 같이 지냈다. 딱 한 번 당에 돌아와서 현장 이야기를 전했을 뿐, 초기에는 차에서 자거나 체육관에서도 자고, 나중에는 여관을 하나 얻어서 자기도 했다. 새누리당 김명연 의원과 박순자 의원도 와서 오래 머물렀던 것으로 기억한다. 박순자 의원은 당시 낙선한 새누리당 당협위원장이었는데 이때의 진정성 있는 마음이 통했는지 이후 20대 총선에서 안산 단원구에 출마해 당선되기도 했다. 그런 시간이 지나고 나니까 세월호 가족분들이 새누리당 정치인임에도 지금도 잘 대해주신다. 세월호 관련 행사에 가더라도 비난하는 사람보다는 반가워하며 계속 연락을 해주는 사람들이 많다.

세월호 문제가 발생 1,000일이 지난 지금도 완벽하게 해결되지 않고 국민들의 가슴에 피멍이 들게 하고 있다. 1,000일의 세월이 아니라 그 10배의 세월이 지나도, 자식을 가슴에 묻은 부모들 상처가 회복될 리는 없다. 하물며 그 배가 아직도 바다에 가라앉아 있는 데야 더 말할 게 있겠는가.

# 일자리 넘치는
# 안전하고 따뜻한 경기도

경기도지사 선거를 준비하면서 나는 경기도에 가장 필요한 정책들이 어떤 것인지를 고민한 끝에 '일자리 넘치는 안전하고 따뜻한 경기도'를 슬로건으로 내걸고, 총 6개 분야에 걸쳐 30개의 정책과제, 120개의 공약을 제시했다. 그중 경기도에 반드시 필요하다고 생각한 10대 핵심 공약은 다음과 같다.

- 현장 중심 생명안전망을 구축하여 도민들을 안전하게 지키겠다.
- 일자리 70만 개를 만들겠다.
- 경기도민의 안전을 위해 녹슨 상수도 배관을 교체하고, 재난위험시설 철거 및 개축 지원을 하겠다.
- 신개념 슈퍼맨 펀드를 만들어 2030 세대의 희망과 열정을 지원하겠다.

- 편안한 출퇴근길을 위해 굿모닝 버스를 시행하겠다.
- 따뜻하고 복된 마을공동체, '따복마을' 6,000개를 만들겠다.
- 경기도형 서민금융을 위해 경기은행을 설립하겠다.
- 빅데이터 무료 제공, 빅파이 프로젝트를 추진하겠다.
- 보육교사 수당제 도입하고, 노후화된 학교 시설물 개보수를 지원하며, 경기도 공교육을 강화하겠다.
- 경기북부 10개년 발전계획으로 경기북부 도약 기반을 마련하겠다.

국회의원들의 공약도 마찬가지지만 특히 자치단체장의 공약은 단순한 약속 이상의 의미를 지닌다. 자치단체의 살림이 국민들의 세금으로 운영되고, 살림을 잘못해서 적자가 나거나 실패할 경우 주민들이 그 부담을 떠안기 때문이다. 단체장의 공약이 다양한 각도에서 고민하고 그 결과까지를 예측해본 후에 신중하게 만들어져야 하며, 인기와 시선을 끌 수 있는 선심성 공약을 내세워서는 안 되는 이유가 여기에 있다.

주민 참여의 확대와 사회복지에 관심이 많던 나는 도민들이 활발하게 도정에 참여하는 살기 좋은 경기도를 만들기 위해 공약 선정에 신중을 기했다. 이러한 노력의 결과였던 공약은 나에게 뜻밖의 상 하나를 가져다주었다. '2014 매니페스토 약속대상' 지방선거 부문 시상식에서 광역단체장 선거공약서 부문 최우수상을 받은 것이다.

상을 받으며 경기도민들이 안전하고 따뜻하게 생활할 수
있도록 10대 과제를 반드시 완수하겠다고 다시 한번 다짐
했다.

"현장 중심 생명안전망, 따뜻하고 복된 마을공동체 등 지역 현안과 정책 대안을 유권자가 쉽게 이해하도록 정리해 제시한 것, 특히 이행 기간을 명확히 하고, 어떻게 할 것인지 이행 절차를 구체적으로 제시했다는 점"이 높은 점수를 받았다고 한다.

경기도에는 삼성과 LG 등 고용 비중이 높은 대기업 생산시설들이 있다. 이들 대기업의 투자 확대를 위한 수도권 규제 완화를 추진하되, '따뜻한 공동체'를 만들기 위해 대기업의 반칙은 용납하지 않고, 사회적기업 등 다양한 방식으로 규제 완화의 패러다임을 바꾸려는 것이 계획의 핵심이었다. 사실 공약 중에서 가장 중요한 것은 역시 일자리다. 일자리가 늘어나야 실업률이 줄어들고 가계 수입이 높아져서 지역경제가 살아나 결국 기업들의 투자 확대로 이어진다. 그래서 당시 상황에서 경기도가 만들어낼 수 있는 일자리는 50만 개였지만 최선을 다하겠다는 취지에서 70만 개의 일자리를 공약으로 내세운 것이다.

# 단 4만 표가 가른
# 당선과 낙선

　　2014년 5월 10일, 성남종합운동장 실내체육관에서 경기도지사 후보 선출을 위한 새누리당 후보자 선출대회가 열렸다. 경선은 국민참여선거인단 투표와 여론조사 결과를 합하여 진행되었다. 정병국 의원과 내가 맞붙은 새누리당 내 경선에서 나는 국민참여선거인단 1,212표, 여론조사 67.05%로 총 1,562표를 획득했고 정병국 후보는 국민참여선거인단 876표, 여론조사 32.95%로 총 1,048표를 얻어 내가 경기도지사 후보로 결정되었다.

　　나는 그 자리에서 마지막 정견 발표를 하면서 "경기도의 아들 남경필이 대한민국의 딸 박근혜 대통령을 지키겠습니다"라는 발언을 했다. '개혁'과 '쇄신'이라는 단어를 달고 다니는 남경필이라는 후보가 보수정당 후보로 적합한지 의문을 가지고 있을 당원들에게 나는 보수이며 새누리당 소속임을 어필하려는 의도였다. 후에 이 말 때문에 숱한 구설에 오르고 많은 욕을 먹었다.

박근혜 대통령 탄핵이 가결되자 이 발언이 세상 사람들의 입에 회자되면서 야당 지지자들은 조롱하고, 새누리당 지지자들은 탈당한 나를 배신자라고 한다. 인터넷에 조롱 동영상도 무척 많이 돌아다니는 것으로 알고 있다. 방송이나 신문 인터뷰에서도 저 발언에 대해 질문을 많이 받았다. 그럴 때면 늘 "죄송합니다"라고 한다. 굳이 변명하자면, 그때는 대통령이 권한을 위임받지 않은 사람에게 수많은 결정을 맡기고 각종 정경유착 비리에 직간접적으로 연루되어 있다는 것을 전혀 몰랐다.

지금은 새누리당을 탈당했지만 박근혜 대통령은 내가 새누리당 중진의원일 때 힘을 보태 만든 대통령이다. 우리가 어떤 행동을 했으면 그 결과에 대한 비판도 함께 지고 가야 한다고 생각한다. 역사는 나중에 이 시기와 박근혜 대통령, 새누리당과 바른정당을 어떻게 평가할지 모른다. 다만 현재 밝혀진 많은 것들에 대해 유감스럽고, 앞으로도 나는 그저 누군가의 비난에 '죄송합니다'라고 답변할 수밖에 없다. 금수저라는 굴레처럼, 이혼 문제처럼, 아들의 군대 폭력 문제처럼, 과거의 내 선택 역시 내가 감당하고 가야 할 내 모습이다. 어느 것도 피할 생각은 없으나 다만 앞으로는 사람들에게 좋은 이미지로만 각인될 수 있는 삶을 살았으면 한다.

선거전 초반에는 어느 후보와 겨루어도 상당한 득표 차로 당선

과거 몸담았던 새누리당에서의 잘못을 국민들께 사죄하고자 '고백, 저부터 반성하겠습니다'
라는 주제로 참회 토론회를 열었다.

된다는 여론조사 결과가 나왔다. 하지만 선거전이 후반으로 접어들수록 전세는 역전되기 시작했다. 세월호 참사로 인한 정권 심판론과 함께 새정치민주연합의 경선이 강력한 경쟁자인 김진표 후보에게 유리하게 작용했던 것이다. 수원이 지역구인 김진표 후보와 나는 고등학교 선후배 사이일 뿐만 아니라 같은 교회에 다니고 있었기 때문에 지지 기반이 비슷했다. 김진표 후보는 야당의 보수적 성향 후보였고, 나는 여당의 진보적 성향 후보였다. 둘 모두 '중도 성향'이라는 정치색까지 비슷했다. 개인적으로 내가 조금 더 유리했던 것은 경기도부지사 등 주요 직책에 야당 인사를 등용함으로써 연정과 협치를 하겠다는 유연한 사고방식이었을 것이다.

드디어 선거 당일인 6월 4일, 오후 6시에 투표가 종료되자 방송사에서 제각기 출구조사 결과를 발표했다. 51 대 49. 간발의 차이로 내가 질 것으로 예상된다는 내용이었다. 서른셋의 새파란 나이로 아버지의 유지를 받들겠다고 보궐선거에 출마했던 정치 초년병 시절이 생각났다.

그때 내가 당선될 것이라고 예측한 사람은 아무도 없었다. 나 역시 투표가 종료되자 그동안 열심히 도와준 사람들에 대한 미안함, 나를 믿고 미국 생활을 접고 한국으로 따라와 고생한 가족들에 대한 미안함, 돌아가신 아버지에 대한 죄송스러움 등으로 절망하면서 결과를 기다렸다. 그리고 계란으로 바위 치기 같았던 1998년 선거에서의 짜릿한 승리를 떠올렸다. 그런 반전이 다시 내 생에 기다리고 있을까? 더구나 도지사 아내로 살아가기를 원치 않았던 아내와 군대에 있었던 두 아들의 도움 없이 홀로 치러야 했던 선거였다. 결과를 기다리는데 만감이 교차했다.

승자의 윤곽이 드러난 것은 다음 날 아침이었다. 50.42%의 득표율로 49.57%를 얻은 김진표 후보를 불과 4만여 표 차이로 누르고 내가 도지사에 당선된 것이다. 한 번 고배를 마시고 두 번째 국회의원에 도전하시는 아버지의 선거 유세를 돕기 위해 유학 중에 귀국해 피켓을 들고 아버지의 선거운동을 도울 때가 생각났다.

바쁜 일정 때문에 아버지께서 늦게 도착하시는 바람에 아버지 대신 연설을 했고, 그 일을 계기로 뜻밖에도 '정치라는 것이 멋진 일일 수도 있겠다'는 생각을 했었다. 그리고 아버지의 지역구를 이어받아 보궐선거에서 이겼을 때는 사람들을 위하는 멋진 정치를 해야겠다는 포부가 있었다. 나는 결코 쉽지 않은 도지사 선거 과정을 겪으면서 18년 전 정치에 입문했을 때의 초심을 잊지 않으리라 다짐했다.

## 취임식 생략,
## 민생과 안전이 우선입니다

　나는 경기도지사 취임식을 별도로 하지 않기로 결정했다. 대신 취임 첫날인 2014년 7월 1일, 수원의 현충탑을 참배한 후 곧바로 경기도 안산에 마련된 세월호 정부 합동분향소를 찾았다. 그리고 방명록에 "그대들의 희생을 결코 잊지 않겠습니다. 안전한 경기도 안전한 대한민국을 만들겠습니다"라고 적었다.

　4월 말까지 진도에 있다가 올라와서 선거운동에 열중하면서도, 늘 가슴 한편에서 내려놓을 수 없었던 세월호 아이들이었다. 여전히 가족들에게 미안해서 가슴이 아렸다. 나는 오랜만에 유가족들과 만나 비공식 면담을 갖고, 관계자들에게 가건물인 분향소가 장마나 태풍으로 인해 피해를 입지 않도록 조치하라고 각별히 부탁했다.

그리고 경기도 재난종합지휘센터를 찾아 안전 점검을 한 후 도내 총 38개 기관과의 화상회의를 진행했다. 화상회의를 시작하기 전에 세월호 참사로 목숨을 잃은 피해자와 유족들을 위해 묵념의 시간을 가진 후 다시는 경기도와 대한민국에서 이런 참사가 일어나지 않도록 심기일전할 것을 다짐했다. 오후에는 선거 기간 중 재건축 지원을 약속했년 성남 중앙시장을 방문했다. 성남시 힌복편에 있는 중앙시장은 화재 이후 방치되는 바람에 재난위험 최하 등급인 E등급을 받았는데, 이재명 성남시장과 현장을 둘러보고 중앙시장 재건축을 지원하는 내용의 업무협약을 맺었다. 다시 경기도청에 돌아와서 도지사 집무실에서 취임선서를 낭독하고 취임사를 전하는 것으로 첫날 공식 일정이 끝났다.

다음은 취임사 전문이다.


굿모닝 경기도! 일자리가 넘치는 안전하고 따뜻한 경기도를 만들겠습니다.


경기도지사 남경필입니다. 오늘 경기도지사로 취임하면서 부족한 제게 경기도지사의 중책을 맡겨주신 도민들의 소중한 뜻을 깊이 되새겨봅니다.

세월호 참사가 일어난 지 벌써 두 달이 지났습니다. 아직도 우리 곁으로 돌아오지 못한 세월호 희생자들이 있습니다. 마지막 한 사람까지 가족 품에 돌아오길 기원합니다.

세월호 참사는 우리에게 혁신이라는 시대적 과제를 주었습니다. 과거 우리

취임 첫날, 세월호 정부 합동분향소에 가서 안전한 대한민국을 만들겠다는 각오를 다졌다.

사회의 적폐와 부조리를 끊고 사회를 혁신해야 합니다.

혁신이란 저부터 바꾸는 것이 그 시작입니다. 저부터 기득권을 내려놓고 권력을 나누겠습니다. 오직 민생 우선의 가치 하에 여·야가 힘을 합치고 통합과 상생의 정치를 하겠습니다.

존경하는 경기도민 여러분. 지난 선거 때 저는 도민들에게 '일자리 넘치고 안전하고 따뜻한 공동체' 경기도를 만들겠다고 약속드렸습니다. 피곤하고 무기력한 하루가 아니라 행복하고 활기찬 하루가 되도록 제가 바꾸겠습니다. '굿모닝 경기도'로 경기도민의 아침이 행복한 삶을 만들어드리겠습니다. 아침은 시작이고 미래입니다.

'굿모닝 경기도'를 위한 도정의 기조는 다음 세 가지입니다.

첫째, 현장과 소통입니다. 항상 문제는 현장에 있고 답도 현장에 있습니다. 항상 도민들께서 계신 현장으로 달려가 해법을 찾겠습니다. 그리고 말하기보다는 듣겠습니다. 도민들의 생생한 의견들을 반영해 민생 문제를 해결하기 위한 지침으로 삼겠습니다.

두 번째는 데이터입니다. 모든 도정은 객관적인 데이터 기반에서 운영될 것입니다. 그리고 도민들께 도움이 되는 모든 자료를 공개하겠습니다. 공무원들도 디지털 마인드로 무장해 열린 행정 서비스를 제공하도록 하겠습니다.

세 번째는 통합입니다. 권력은 분산되어야 하며 승자독식 구조에서 탈피해야 합니다. 이념, 정파, 세대, 지역의 벽을 넘어 사회 각계의 다양한 목소리에 귀를 기울일 것입니다. 소통을 활발히 하고 갈등을 줄여나가야 대한민국과 경기도가 발전할 수 있습니다.

정조대왕께서 '필부함원 손상천화(匹夫含怨 損傷天和, 한 사람이라도 원한을 가지면 하늘의 조화로움이 손상된다)'라고 말씀하셨습니다. 저에게는 1,250만 경기도민 한 분 한 분이 소중합니다. 한 분 한 분의 행복을 위해 발로 뛰는 혁신 도지사가 될 것입니다.

경기도의 혁신으로 '굿모닝 경기도'를 만들겠습니다. 변화된 경기도의 모습이 대한민국의 스탠더드가 되도록 모든 면에서 앞서가도록 하겠습니다. 일자리가 넘치고 안전하고 따뜻한 공동체, 경기도를 만들기 위해 도민 여러분께서도 함께해주시길 바랍니다. 감사합니다.


취임선서를 마치고 나자 경기도지사가 되었다는 사실이 실감났다. 경기도는 전 국토의 약 10%를 차지하는 면적에 대한민국 전체 인구의 4분의 1이 사는 곳으로 서울특별시와 인천광역시를 품에 안고 있는 수도권 지역이다. 이 넓고 중요한 지역을 남경필 이전보다 남경필 이후가 더 좋게 바뀌도록 해야 할 것이다.

나는 경기도가 바뀌어야 대한민국이 바뀐다고 생각한다. 그런데 이런 중요한 지역을 나 혼자 생각으로 좌지우지할 수는 없었다. 6·4 지방선거의 경기도 투표율은 53.2%. 그중에서 나를 지지해준 사람들은 50.42%이다. 경기도 전체 유권자 중에 26.5% 정도만 나를 지지했다는 사실을 잊어서는 안 된다. 내가 찾은 해답은 연정과 협치다. 나를 지지해준 사람들과 나 아닌 다른 사람을 지지했던 사람들 모두를 만족시킬 수 있는 가장 현실적인 대안이다.

연정은 내가 주장해오고 있는 정치 형태로, 경기도에서 성공한다면 대한민국의 정치문화에 영향을 미칠 수도 있을 것이다. 보통은 중앙정부의 정치가 지방정치의 방향을 바꾸지만, 경기도에서 연정과 협치가 잘 시행되어 국민들의 지지를 얻는다면 거꾸로 중앙정부에서 도입할 수도 있지 않을까. 국민들은 정치인들이 서로 싸우고 정권 다툼 하는 것을 원하지 않는다. 사실 따지고 보면 여야의 정책이 큰 차이가 나는 것도 아니다. 그러니 여야가 협력해서 국민들과 나라를 위하는 공통분모를 찾아 협치를 한다면, 대한민국의 미래는 보다 안정적이고 성공적이지 않을까.

5

———

모두가 행복한 아침을
맞을 수 있다면

———

# 공유적 시장경제와
# 경기도주식회사

　　　우리나라는 자유민주주의 국가이며 자본주의 체제를 가지고 있다. 자본주의와 자유민주주의는 둘 다 포기할 수 없는 가치지만 자본이 불공평하게 분배된다는 문제점이 있다. 가난한 사람과 부유한 사람, 대기업과 중소기업, 정규직과 비정규직…… 출발선이 다른 상황에서 앞서가는 쪽이 더 크고 강하면 시간이 흐를수록 그 격차는 더 벌어질 수밖에 없다. 이런 구조적인 차이 때문에 점점 심해지는 양극화 문제는 우리 사회에 큰 재앙을 가져오고 있다. 경제가 성장하고 사회 전체의 부는 커졌음에도 일자리가 생기지 않는다. 일하지 않아도 먹고사는 데 지장이 없는 일부 금수저를 제외하면, 일자리가 없는 사람이 어떻게 행복할 수 있겠는가?

이제는 개인의 자유를 극대화시키기보다 공유라는 새로운 가치가 필요한 시대가 되었다. 직접 돈을 주는 것이 아니라 가지지 못한 사람들을 위해서 가진 사람들이 낸 세금으로 공공기관이 플랫폼을 만들어주고, 그 안에서 자유롭게 경쟁하도록 하는 것이 바로 내가 생각하는 새로운 공유적 시장경제다.

부의 불평등은 우리나라뿐만 아니라 세계적인 문제다. 국제구호단체 옥스팜이 발표한 '99%를 위한 경제' 보고서를 보면, 세계적인 갑부 상위 8명의 재산이 세계 소득 하위 인구 50%의 재산을 합한 것과 비슷하다고 한다. 8명의 재산이 36억 명이 가진 재산과 맞먹는 것이다. 자본주의 사회에서 재산이 불어나는 것은 눈덩이를 굴리는 것과 같다. 작은 눈덩이를 어느 정도 크기로 키우는 데는 시간이 많이 걸리지만, 눈덩이가 크면 조금만 굴려도 부피가 엄청나게 커진다.

빈부 격차와 사회 양극화는 불황일 때 더욱 골이 깊어진다. 금수저는 플랫폼 위에서 키높이 구두를 신고 경치를 보고 있는데 흙수저들은 담장으로 가로막혀 있는 밑바닥에서 밖을 보려고 애쓰는 형국이다. 이런 격차는 한 가지 방향에서가 아니라 전방위적으로 벌어진다. 돈이 많은 사람들은 해외 유학을 가고, 군대도 편한 곳으로 가서 좋은 보직을 얻고, 사교육의 힘으로 좋은 대학에 간다. 그 이후의 인생도 평탄하게 펼쳐진다. 취직 걱정이 없을 뿐만 아니라 물려받은 자산에서 돈이 나온다. 하지만 흙수저는 대학에 가더라도 아르바이트를 하느라 학점에 신경 쓸 여유가 없고, 취직은 하늘의 별 따기요, 고시원이나 원룸을 벗어나기 힘들다.

이런 사회는 비유하자면 높은 담장 앞에 여러 계층의 사람들이 나란히 서서 담장 밖의 게임을 관람하는 것과 같다. 가뜩이나 키와 덩치가 큰 기득권은 높은 단을 쌓아놓고 그 단 위에 편안하게 올라서서 담장 밖을 보며 게임을 즐길 수 있다.

지금까지의 경제 체제하에서는 기득권 계층이 유리할 수밖에 없다. 키가 큰 대기업은 투자와 인프라라는 단단한 지지대를 딛고 올라서서 담장 밖에서 벌어지는 게임을 마치 스카이라운지에서 내려다보듯 즐길 것이다. 중견기업들은 자신들이 노력하면 어느 정도 높이까지 올라가서 담장 밖을 내다볼 수 있다. 그러나 중소기업이나 영세기업의 경우 경기를 보고 싶어도 보이는 것이 없다. 청년들, 은퇴하신 어르신들, 빈곤계층 등 기득권 없는 계층은 밑바닥에서 담장 밖을 보려고 문틈만 기웃거리고 있는 모양새다.


나는 경기도지사가 되면서 경기도에 공유적 시장경제라는 새로운 패러다임을 접목했다. 공유적 가치를 접목한 시장경제를 통해 청년실업과 저출산, 저성장 등 구조적 문제들을 해결하고자 하는 것이다. 그냥 놔두어도 삼성이나 현대 같은 대기업은 전 세계에 나가서 스스로 잘한다. 더 앞서가기 위해 반칙하지 않도록 감시하고, 하청업체나 협력업체 등과 상생할 수 있도록 심판 역할을 하되, 규제를 풀어줘서 전 세계에서 뛰어놀게 하면 된다.

　중요한 것은 기존에 아무것도 갖고 있지 않아서 게임을 볼 수 없었던 중소기업, 청년, 은퇴자, 장애인, 경력 단절 여성 등에게 경기도 같은 공공기관이 플랫폼을 깔아주는 것이다. 이를 위해 경기도는 공유적 시장경제 기반의 사업 추진으로 좋은 일자리 만들기에 도정 역량을 집중하고 있다. 사회를 구성하는 전체 구성원들이 모두 게임을 즐길 수 있어야 경제가 돌아가고 일자리가 만들어진다. 우리 사회의 젊은이들이 '내가 흙수저라도 국가가 깔아주는 플랫폼 위에 올라가면 나도 함께 게임을 즐길 수 있다'는 생각을 할 수 있게 만들어주는 것이 바로 공유적 시장경제 모델이다.

　우리가 신경 써야 할 것은 4차 산업혁명 시대를 향해 뛰어가는 청년들이 만든 공격적인 기업들, 우리 사회의 전통적인 중소기업들, 그리고 우리 공동체를 만들어온 사회적기업들이다. 이런 다양한 기업들이 스트라이커, 미드필더, 공격형 미드필더, 수비형 미드필더 등의 역할을 해야 한다. 이런 일자리 모델을 정부가 구축해줘야 한다.

　경기도에서는 스타트업캠퍼스, 판교테크노밸리 같은 새로운 거대한 플랫폼을 만들어서 이들이 마음껏 기업 활동을 펼칠 수 있도록 돕고 있다. 판교테크노밸리는 공장 몇 개밖에 세울 수 없는 작은 대지에 위치해 있음에도 불구하고, 2016년 5월 매출이 자그마치 70조 원을 돌파했다. 판교테크노밸리에서 한 해에 만들어진 일자리만 해도 9,000개다. 그리고 그 일자리들은 젊은이들이 무척 가고 싶어 하는 일자리다. 누가 이런 일자리를 만들어야 하는가? 바로 정부다.

옛날에는 지자체나 정부도 땅 투자를 했다. 예를 들어 LH공사는 땅을 사서 아파트를 짓거나 땅을 팔아서 돈을 벌었다. 그런데 경기도는 지금 땅 장사를 하지 않는다. 경기도는 오히려 땅이나 시스템에 돈을 투자해서 인프라를 구축한 후 도민들이나 기업들에게 싼 가격에 공급하려고 노력한다. 그렇게 하면 경기도에는 어떤 이익이 돌아올까? 일자리와 세금이 들어온다. 이것이 바로 새로운 국가가 해야 할 역할이다.

중소기업은 대기업 중심의 유통구조와 과도한 가격경쟁 등으로 제품의 시장 진입과 경쟁력 있는 가격 확보가 힘들 뿐만 아니라 자본, 유통 정보와 경험, 마케팅 전문 인력과 노하우 부족으로 경영상 어려움에 처해 있다. 그래서 경기도에서는 중소기업이 경기도라는 신뢰할 수 있는 브랜드를 통해 경쟁력을 갖추도록 지원하는 매개체 역할을 다방면에서 하고 있다. 경기도주식회사는 우수 중소기업의 글로벌 진출을 위한 공동 브랜드로, 도내 76만 1,000여 개 중소기업의 판로 및 마케팅 지원을 목표로 한다. 2016년 12월 8일 첫 번째 매장을 열고 공식 출범했으며, 광역자치단체가 주식회사 형태의 중소기업 지원 기관을 설립한 것은 경기도가 처음이다.

경기도주식회사는 제조 기술에 비해 브랜드 파워와 마케팅 능력이 취약한 중소기업에게 키높이 구두를 신겨주는 액셀러레이터(accelerator, 가속장치)와 같은 역할을 한다. 우수 중소기업 제품의 공동 브랜드를 개발하고 패키지 디자인을 지원하는 것은 물론 온·오프라인 매장 운영 및 유통대기업 입점 지원을 통해 중소기업의 취약한 판로망을 개척하고 경쟁력을 강화하는 것까지 그 역할의 범위를 넓혀가고 있다.

예를 들어, 전 세계적으로 유명한 프링글스 감자칩이 마트에서 3,300원에 팔린다. 그런데 그 옆에 경기도 중소기업이 잘 만든 제품이 있다. 이것은 500원 더 싼 2,800원이다. 그러면 소비자들은 어느 것을 살지 고민하다가 결국 프링글스를 집어 든다.

그런데 원가를 980원으로 떨어뜨린다면 어떨까? 이를테면 경기도가 만든 새로운 공유적 플랫폼에 입주시키고 입점료를 받지 않고 마케팅 비용, 유통 수수료, 이윤 모두 없애거나 감소시키면 똑같은 제품이 980원이 될 수 있다. 이와 유사한 방식을 이용해서 중소기업이 만든 프링글스 유사제품이 자그마치 300만 개가 팔렸다. 중소기업에게 새로운 플랫폼을 제공하고 물류단지까지 만들어줄 테니까 제품만 잘 만들라고 적극 지원해주는 것이 바로 경기도가 추진하고 있는 새로운 경제 모델이다.

경기도주식회사는 단순히 중소기업을 지원하는 데에만 그 목적이 있지는 않다. 경기도주식회사는 경기도의 공유적 시장경제라는 큰 그림 안에 있다. 공유적 시장경제는 공공이 제공한 인프라와 정책을 민간이 활용해서 비즈니스 모델을 창출하는 것이다. 경기도는 경기도주식회사는 물론, 공공물류유통센터, 스타트업캠퍼스, 경기도일자리재단 등을 통해 공유적 시장경제를 구축하기 위해 노력하고 있다. 공공물류유통센터는 물류센터 부족과 비용 문제로 고민하는 중소기업의 물류 문제를 해결하기 위해 군포에 지은 국내 최초의 유통센터다. 이곳에 입주한 사업주들은 기존 대비 30% 이상 저렴한 임대료와 다양한 물류 서비스를 이용해 경쟁력을 높이고 있다.

스타트업캠퍼스는 청년들이 꿈과 열정, 세상을 바꿀 아이디어만 있으면 경기도가 실현을 도와주는 오픈 플랫폼으로 2016년 3월 판교에 문을 열었다. 아이디어 발굴부터 창업하고 성장해서 해외진출을 하는 것까지 스타트업의 전체적인 성장 과정을 지원하는 스타트업 육성 기관이다. 스타트업캠퍼스 초대 총장은 김범수 카카오 의장으로, 선발된 학생들은 디지털, 소셜, 크리에이터, 라이프 등 4개 분야에 대한 스타트업 전문 교육을 받고 있다.

경기도 일자리재단은 일자리와 인력의 미스매치(mismatch)를 해소하는 원스톱 취업지원 종합 서비스로, 경기도의 실업자들을 지원하는 기관이다. 경기도는 지식 기반 산업 플랫폼인 판교테크노밸리를 조성해 2010년부터 2015년까지 7만 2,000개의 일자리를 만들어냈고, 이러한 테크노밸리를 일산, 광명·시흥까지 확산해갈 계획을 가지고 있다. 2016년에 경기도가 전국 일자리의 51.5%인 15만

4,000개를 만들어낸 것은 이러한 노력들의 결과다.

경기도는 이렇게 다양한 시도를 하며 가시적인 성과를 내왔고, 이 다양한 경제적 시도들의 최종 목표는 경제적 강자와 약자가 공정하게 경쟁하고 상생할 수 있는 공유경제 시스템을 만드는 것이다. 흔히 공유경제라고 하면 크게 두 가지를 떠올린다. 하나는 우버나 에어비앤비처럼 가지고 있는 것을 공유해서 이익을 얻고자 하는 영리형 플랫폼이고, 다른 하나는 위키피디아나 리눅스처럼 소프트웨어를 공유하는 사회 플랫폼이다.

경기도는 이 두 가지 플랫폼을 모두 활용한다. 정부 자산을 공유재로 전환해서 주민, 중소기업, 청년 창업자가 공유하는 것, 즉 국가가 주도적으로 플랫폼을 구축해서 경제민주화를 이뤄내는 것이다. 중소기업과 소상공인, 청년들, 어르신들의 일자리를 만들 수 있는 플랫폼을 기업에게만 맡겨두지 말고 국가가 예산을 사용해서 만들어내자는 것이다. 경제를 기업에만 맡겨놓으면 생태계를 독점해서 양극화가 진행되지만, 국가가 예산을 투입해 공정한 플랫폼을 제공하면 독과점이나 양극화는 발생하지 않는다. 단기적으로 보면 예산 낭비처럼 보일 수도 있지만, 이렇게 공유경제 플랫폼을 만들면 많은 일자리가 생기고 사람들이 세금을 더 내게 되어서 다시 예산으로 돌아온다. 장기적으로 보면 현재의 경제 체제보다 훨씬 이익이 되는 경제 체제다.

경기도뿐만 아니라 서울특별시도 공유경제 기업들을 지원하면서 세계 공유경제 시장의 다크호스로 주목받고 있다. 공유경제를 추진하는 지자체들끼리 서로 교류하면서 플랫폼을 공유한다면 공유경제의 효과는 더욱 커질 것이다. 나아가 국가 차원에서 공유경제가 활성화된다면 경제적, 사회적으로 나타나는 여러 문제점들을 상당 부분 개선할 수 있다.

# 대한민국 4차 산업혁명의 메카, 판교

경기도는 판교테크노밸리 인근 43만 제곱미터 부지의 판교창조경제밸리(판교제로시티)를 규제 제로, 사고 위험 제로, 탄소 배출 제로, 환경오염 제로 등의 제로시티로 조성하고 있다. 판교제로시티는 미래형 스타트업이 모여 새로운 아이디어를 만들어내는 한국의 실리콘밸리, 750여 개 첨단기업이 모여 4만 명이 근무하는 세계적인 첨단산업단지가 될 것으로 기대된다.

'4차 산업혁명'이란 기업들이 제조업과 정보통신 기술(ICT)을 융합해 작업 경쟁력을 제고하는 차세대 산업혁명을 말하는데, 자율주행 실증단지와 같은 오픈 플랫폼을 판교제로시티 내에 구축해 4차 산업혁명을 선도할 예정이다. 판교(板橋)의 '판'은 플랫폼이라는 뜻이고, '교'는 다리라는 뜻으로 네트워크를 상징한다. 판교가 오픈 플랫폼의 첫 번째 실증단지가 되는 것은 역사적인 필연인 것 같다.

판교제로시티에서는 자동차 자율주행을 비롯한 인공지능, 빅데이터, 5G 이동통신 등이 서로 융합하면서 새로운 산업 생태계를 만들고 있다. 2016년 7월 국토교통부와 MOU를 체결하여 판교 일대가 자율주행 시범운행단지로 지정되었으며, 10월에는 '자율주행 혁명과 미래형 스마트시티'라는 주제로 2016년 국제 행사인 빅 포럼(B.I.G. Forum)을 개최했다.

판교제로시티의 백미인 자율주행 자동차는 운전자가 직접 차를 조작하고 운전하지 않아도 차량이 스스로 달리는 새로운 형태의 자동차다. 시험 운행이 이미 이루어진 바 있는 자율주행 차량은 현행법상 시험 연구용으로만 운행이 가능하며, 지정된 운행 구역 내에서 임시 운행 허가를 받아야 한다. 그래서 자율주행 자동차를 실험해볼 만한 테스트베드(test bed)가 필요한데, 실증단지가 조성되면 단지 내에서 자유롭게 운행할 수 있을 뿐만 아니라 기술개발 투자를 늘릴 수 있다.

판교에 조성될 총 5.6킬로미터의 자율주행 실증단지는 자율주행 자동차의 연구를 위한 시설과 서비스를 제공한다. 도로 주변의 모든 지형지물을 오차 범위 10센티미터 이내에서 식별할 수 있는 3차원 지도인 고정밀 디지털 지도, 차량과 차량, 차량과 인프라 간의 통신 기술인 V2X, 차세대 지능형 교통 시스템인 C-ITS 등의 첨단 통신 기술이 바로 그런 서비스다.

자율주행 자동차와 빅데이터를 통해 구현될 판교제로시티를 꿈꾸며.

자율주행 기술이 상용화되면 자율주행 차를 사무실 밀집 지역과 공공시설, 쇼핑센터, 주차장 등을 오가는 택시 형태로도 운행하고, 자율주행 셔틀버스도 운영하려고 한다. 단지 내부와 판교역을 연결하는 12인승 친환경 전기버스를 도입해서 대중교통 차량까지도 자율주행이 가능하도록 할 계획이다.

앞으로 판교제로시티를 전기와 수소 자동차를 제외한 일반 자동차 진입이 금지된 친환경 도시로 건설하고, 나중에는 판교 실증단지에서 자율주행 자동차 관련 기술을 경합하는 자율주행 자동차 레이싱도 개최할 예정이다. 따라서 판교제로시티에 오면 미래의 대중교통 모델을 경험할 수 있을 것이다.

판교는 대한민국의 미래 신성장 동력을 창출하는 혁신의 심장이자 4차 산업혁명의 메카가 될 것이다. 이미 판교테크노밸리가 게임 산업에서의 성과로 4차 산업혁명의 포문을 열었다. 앞으로는 판교제로시티가 빅데이터와 자율주행 자동차를 중심으로 산업을 주도할 것이다. 경기도는 이렇게 4차 산업혁명의 물결을 앞장서서 준비하고 있다. 판교뿐만이 아니다. 일산에 방송 콘텐츠 산업을 중심으로 미래 산업을 꽃피울 것이며, 광명과 시흥에도 첨단산업 플랫폼이 만들어진다.

4차 산업혁명의 가장 큰 문제는 고용 없는 성장이다. 고용 없는 성장 문제를 해결하기 위해 경기도는 과학기술 개발 그 자체에 집중하기보다는 과학기술을 통한 양질의 일자리 창출에 초점을 두고 있다. 앞으로 다가올 4차 산업혁명 시대에 경기도가 주도적으로 새로운 정치, 경제, 산업 시스템을 구축해나갈 수 있기를 기대한다.

# 영웅을 영웅답게
# 대접하는 것의 중요성

국가에서는 독립유공자, 상이군경, 전몰군경, 순직공무원과 그들의 미망인, 무공수훈자, 4·19 혁명유공자 등을 대상으로 월 16만 원에서 27만 원까지 생활조정수당을 차등 지급하고 있다. 그런데 경기도에서 조사한 결과 정부 생활조정수당 대상에서 제외된 사람들이 상대적으로 생계에 더 어려움을 겪고 있었다. 그래서 이들 가운데 중위소득 50% 이하인 저소득 국가유공자들에게 2016년 하반기부터 월 10만 원의 생활보조수당을 지급하고 있다. 전국 최초로 지방자치단체 차원에서 저소득 국가유공자에게 수당을 지급하는 것이다.

경기도는 2016년에 6·25 한국전쟁 및 월남전 참전용사 등 5만여 명에게 연간 12만 원의 참전명예수당을 지급했다. 참전명예수당은 국가보훈 대상자에게 지급되는 보훈급여 중 가장 적은 급여를 받는 참전유공자에게 경기도가 생활 안정과 예우 차원에서 추가로 지급한 것으로, 2016년 1월 4일에 제정한 '경기도 참전유공자 예우 및 지원에 관한 조례'에 근거한 것이다. 지급 방법은 복잡한 절차를 거쳐 매월 지급할 경우 행정력 낭비가 있을 것을 고려해서 연간 또는 반기에 일괄 지급했다.

2016년에는 6·25 한국전쟁 및 월남전 참전용사 중 법에 따라 정부로부터 각종 수당을 받는 상이군경, 무공수훈자, 고엽제 피해자 등을 제외하고 5만여 명에게 지급했지만, 같은 국가유공자에 대한 차별이라는 일부의 지적에 따라 2017년부터는 무공수훈자 등을 모두 대상에 포함시켜 7만 2,000여 명에게 연간 총 12만 원의 참전명예수당을 지급할 예정이다.

물론 그동안 정부에서도 국가유공자를 재정적으로 지원해왔다. 그러나 그 지원 대상이 11개 보훈단체 중 상이군경회 등 7개 단체 유공자에 한정되어 있었다. 이는 국가를 위해 희생하신 분들에 대한 예의가 아니다. 똑같이 나라를 지키기 위해 젊음과 목숨을 희생했는데 보훈단체에 속해 있지 않으면 보상을 제대로 받지 못한다는 게 말이 되는가? 그래서 경기도에서는 6·25 참전자 7,800명 등 국가에서 혜택을 받지 못하는 4개 단체를 포함한 모든 국가유공자에게 수당을 지급하려는 것이다.

나라를 위해 희생한 영웅들에게 제대로 보상을 하지 않는다면 국가에 위기가 닥쳤을 때 과연 누가 국가를 위해 나서겠는가? 국가안보 교육을 강화하고 홍보하는 것보다 국가유공자를 제대로 예우해주는 것이야말로 국가안보를 강조하는 좋은 방법이라고 본다.

따라서 경기도에 거주하는 차상위 계층 이하의 국가유공자들에게 경제적 지원을 함으로써 국가를 위해 희생한 사람들이 겪는 경제적 어려움에 조금이라도 보탬이 되려는 것이다. 2016년에는 전쟁에 참전하거나 특수 임무에 동원된 유공자들만을 대상으로 했지만, 2017년부터는 국가 훈련에서 입은 부상으로 신체적, 경제적 어려움을 겪는 유공자들에게도 수당을 지급할 예정이다.

일부에서는 전원 지급이 아니라는 이유로 국가유공자에 대한 대우를 개선한다고 큰소리를 쳐놓고 유공자들 간에도 차별을 둔다고 비난하기도 한다. 하지만 경기도 예산 중 국가유공자 지원에 배정된 예산이 한정되어 있어서 상대적으로 생계에 더 어려움을 겪는 분들을 위주로 차별적 기준을 적용할 수밖에 없다.

국가유공자 지원 수당은 이제 막 시작하는 단계에 있다. 아직은 부족한 부분이 있더라도 점점 개선되기를 기대해주셨으면 좋겠다. 앞으로 저소득층 국가유공자에 대한 대우를 향상하는 것에 대한 인식이 더욱 널리 퍼져서 국가유공자 복지에 대한 예산이 더욱 높게 측정된다면, 국가유공자 전체로 그 지원 대상을 차차 넓혀갈 계획이다.

# 출퇴근길을 즐겁게,
# 굿모닝 버스

　　경기도민들이 안전하고 쾌적하게 출퇴근할 수 있도록 하는 것은 경기도가 해야 할 중요한 일들 중 하나다. 하지만 그동안 비용상의 문제로 수많은 도민들이 바쁘고 피곤한 아침저녁 시간에 고속도로를 달리는 광역버스에서 서서 출퇴근을 해왔던 것이 현실이다. 지하철도 붐벼 힘들기는 똑같고, 승용차를 이용하면 비용도 비용이지만 막히는 출퇴근 시간에는 도로에서 많은 시간을 낭비해야 한다.

　　경기도와 서울시 경계를 넘어서 출퇴근하는 시민들이 약 700만 명이나 된다. 이 많은 사람들이 출퇴근 시간에 새벽같이 일어나서 아침도 먹는 둥 마는 둥 하고 버스나 전철에서 이리저리 흔들리며 하루를 열고, 하루 종일 일하고 나서 피곤한 몸을 다시 버스 전철에 싣고 퇴근길에 오른다. 전철은 앉아서 가는 사람들보다 서서 가는 사람들이 더 많을 뿐만 아니라 중간에 앉을 수도 있고 이동 시간도 짧아서 도청에서 어떻게 손을 쓸 수 없는 부분이 있다. 하지만 버스는 이야기가 조금 다르다. 노력에 따라서 개선의 여지가 있기에, 도민들이 앉아서 편하게 출퇴근하게 만들기 위해서 수송 효율을 높일 필요가 있다. 경기도에서 새로 도입한 2층 버스와 굿모닝 급행버스는 그 대안이었다.

2층 버스는 70여 명이 탈 수 있는 대형 버스로, 출퇴근 광역버스 입석 문제를 해결하기 위한 가장 효과적이고 현실적인 수단이다. 경기도는 2015년 전국 최초로 김포, 남양주 광역버스 노선에 2층 버스 9대를 도입한 이후, 2015년 말 10대를 추가 도입하여 2016년 1월 중순 운행을 개시했다. 또한 2016년 9월부터 수원, 용인, 성남, 고양, 안산 등 도내 12개 시로 2층 버스를 확대 운행하고 있으며, 2017년 초까지 총 143대의 2층 버스를 운행할 예정이다.

굿모닝 급행버스는 100% 좌석제로 운영되며 서울의 주요 거점을 연결하여 기존의 버스보다 운행 효율을 높였다. 도민들이 앉아서 편하게 출퇴근할 수 있도록 지속적으로 굿모닝 급행버스를 확대 도입하고자 한다. 2016년 10월에 김포 한강신도시와 홍대입구를 잇는 노선을 개설했으며, 2017년 1월에는 김포 한강신도시와 여의도를 잇는 노선도 개설했다. 앞으로 추가로 수원, 용인 등에 노선을 개설하여 도민들이 쾌적하게 출퇴근할 수 있게 할 계획이다.

2층 버스가 첫 운행을 시작한 2015년 10월 22일, 나도 축하하기 위해 김포시 양촌읍 대포리 김포운수 8601번 차고지에서 김포 시민들과 함께 2층 버스에 탑승했다.

2층 버스이기 때문에 차체가 높아 일반 버스에 비해 시야가 확 트여서 좋고, 생각보다 승차감이 편안해 만족스러웠다. 무엇보다 좌석이 기존 버스에 비해 많고 넓어서 도민들이 출퇴근 시간에 편하게 앉아서 이동할 수 있겠다는 생각에 기분이 좋았다. 같이 타신 김포 시민분들도 신기하고 쾌적하다는 반응이었다.

특히 만족스러운 부분은 차체가 높음에도 장애인이나 노약자도 편리하게 이용할 수 있도록 저상버스 형태를 채택하고 차체 기울임 장치, 휠체어 경사판 등도 장착되어 있다는 점이다. 잘 걸을 수 없거나 몸이 불편해서 일반 버스에 올라타는 데 불편함이 있는 사람들도 출퇴근 시 2층 버스를 타면 상대적으로 편안하게 버스를 타고 내릴 수 있게 된 것이다.

새로운 정책을 도입한다는 것은 쉽지 않은 일이다. 예산을 낭비하면 국민들에게 그 부담이 돌아가기 때문에, 기존 정책의 문제점을 정확히 파악하고 개선하기 위해 노력해야 한다. 2층 버스와 굿모닝 급행버스를 도입할 때도 마찬가지였다. 경기도민들이 아침저녁으로 출퇴근할 때 겪었던 불편은 예전부터 늘 있었다. 그동안 많은 도민들이 출퇴근 시 고속도로를 달리는 광역버스에 입석으로 탑승하며 안전과 편의를 포기해왔다.

첫 운행을 축하하고자 김포 시민들과 함께 소풍 가는 기분
으로 2층 버스에 올랐다.

국토교통부에서는 문제 해결을 위해 2014년 광역버스 입석 금지라는 강수를 두기도 했지만, 그 정책은 문제의 정확한 원인을 파악하지 못해 오히려 도민들의 출퇴근 문제가 악화되기만 했다. 출퇴근 문제의 가장 큰 원인은 교통수단의 수송 효율이 낮아 버스가 한 번 운행할 때 최대한 많은 승객을 태워야 한다는 점이었다. 그런데 버스를 이용해서 출퇴근하는 인구는 변함없기 때문에 입석 금지가 오히려 문제를 악화시킨다는 사실을 간과한 것이었다.

이번에는 문제점을 정확히 파악하고 해결하려고 노력했다. 그 결과 한 번에 최대한 많은 승객을 태울 수 있는 2층 버스, 그리고 굿모닝 급행버스라는 새로운 교통수단을 도입한 것이다.

물론 정책의 효과를 극대화하기 위해 노선을 정할 때에도 시·군 대상 사업설명회와 도입 희망 수요조사 등을 거쳤다. 또한 안전 문제를 해결하기 위해 사전 도로 장애물 점검, 전 구간 좌석제 운행, 각종 안전 및 편의 시설 보강, 우수 운전자 선발 및 안전교육 실시 등 분야별 안전 대책을 강구하고, 향후 운행 상황을 모니터링해왔다.

2015년 9월 4일 부산항을 통해 2층 버스가 들어온 후에도 한 달여 동안 4회에 걸쳐 전문가, 언론인, 버스업체 관계자, 도민 등 각 계각층을 대상으로 운행 및 시승 점검을 실시했다. 그 결과 각종 편의 장치에 대한 보완이 필요한 것으로 나타났다. 시승 점검 결과 나타난 문제들을 개선한 후에야 운행을 시작했다. 이러한 정성을 도민들도 알아주셨는지, 2층 버스의 수요자 만족도조사 결과 승객의 89%, 운전자의 100%가 2층 버스에 만족한다는 결과가 나오기도 했다.

2016년 12월, 운전기사 실수로 김포 한강신도시와 서울시청을 오가는 2층 버스가 서울 당산역 고가 밑을 지나다 버스 상단부가 고가 기둥과 기둥을 연결하는 부분에 부딪히는 사고가 발생했으나 다행히 크게 다친 분은 없었다. 다시는 이런 상황이 발생하지 않도록 2층 버스 전담 운전기사 운용, 긴급 자동 제동장치 설치, 교육 강화 등을 통해 미비점을 계속 보완하고, 시군, 버스업체, 도의회와 긴밀히 협력해 2층 버스를 확대해나갈 계획이다.

2층 버스와 굿모닝 급행버스는 경기도민들의 출퇴근 문제를 일부나마 해결할 수 있는 가장 현실적인 대안으로, 모니터링을 통해 조사해본 결과 출근 시 일반 버스 대비 수송력 1.33배, 만족도 73%, 출근 기여도 79% 등 안전성과 입석 완화 효과가 확인되었다.

2층 버스와 굿모닝 급행버스는 서울 등 타지역으로 출퇴근하는 경기도민들의 편의를 개선한다는 점에서도 의의가 있지만, 앞으로 관광 등 새로운 수익 창출 분야를 모색한다면 경기도의 주요한 이익 창출 수단으로도 자리매김할 수 있으리라 생각한다.

# 굿모닝하우스를
# 도민의 품으로

    수원시 화서동 팔달산 자락에 위치한 경기도지사 관사는 1967년 경기도청과 함께 건립된 이후 2014년 6월까지 약 47년간 경기도지사들의 관사로 사용되었다. 11대 박태원 경기도지사부터 32대 김문수 경기도지사까지 22명의 경기도 리더들이 사용해왔으며, 준공 이후 5번의 증축과 개축을 거쳐 도지사의 생활공간에서 다양한 공적 기능을 수행하는 장소로 변화해왔다.

    그리고 2014년 내가 민선6기 경기도지사로 취임하면서 개방과 나눔, 소통과 참여의 도정 철학을 실천하기 위해 도지사 개인이 사용하던 공관을 도민들에게 열린 공간으로 돌려드리기로 결정했다. 이후 2015년 6월부터 관사를 리모델링하고 카페동을 신축하는 공사를 거쳐 굿모닝하우스라는 이름으로 다시 태어났다.

공관으로 사용되던 공간이 게스트하우스, 역사전시관, 굿모닝카페, 잔디광장 등으로 재탄생했다. 게스트하우스는 관사의 일부를 외부 방문객들이 체류할 수 있는 숙박시설로 재정비한 것으로, 2층 건물의 관사동에 모두 5개의 객실이 있다. 성곽도시의 특성을 잘 살리면서도 모던한 건물 외형만큼이나 단아하게 인테리어되어 있으며, 게스트하우스 침대에 누우면 커다란 창밖으로 성곽 둘레길과 아름다운 산책로를 마주할 수 있다. 특별한 행사가 있는 때를 제외하고 연중 개방하며, 이용 가격은 1박에 5만 원이다.

역시 관사동에 있는 역사전시관에서는 경기도의 역사를 3개 테마로 전시하고 있다. 조선시대 관사인 경기감영에 대한 소개부터 경기도의 문화유산, 인물, 설화와 민담, 경기도의 영역 변천을 한눈에 볼 수 있다. 매주 월요일은 휴관하며 무료로 이용할 수 있다.

신축 건물에 문을 연 굿모닝카페는 맛있는 커피를 마실 수 있는 것은 물론, 소모임을 비롯해 각종 취미, 문화예술 강좌도 열린다. 굿모닝하우스에서 결혼식이 열리는 주말에는 하객들을 위한 연회장으로도 활용된다.

굿모닝하우스는 도민들이 문화공연, 작은 결혼식, 전시회 등의 다양한 체험을 할 수 있도록 문을 열어왔으며, 개방한 이후 한 해 동안 3만 7,000여 명이 방문했다. 앞으로는 굿모닝하우스를 문화공연, 콘서트, 영화제, 플리마켓 등의 문화 행사가 365일 그치지 않는 참여와 소통의 문화 공간으로 정착시킬 계획이다.

굿모닝하우스를 개방했기에 나는 자택에서 출퇴근한다. 물론 도지사로서 공관에서 거주하며 근무하는 것이 편의상 좋을 수도 있다. 하지만 공관이라는 시설 자체가 도지사를 도민으로부터 멀어지게 한다는 문제가 있다. 도지사가 공관에 거주하면 도지사 업무는 물론이고 모든 의식주를 공관에서 해결하는데, 그렇게 되면 도지사는 공관 밖 도민들의 민생과 멀어지고 도민들은 도지사를 자신들의 대표자라기보다는 봉건시대의 '영주'나 '원님'처럼 인식하게 된다. 도지사와 도민들 사이에 칸막이가 생기면 소통은 차단되고 도민과 함께하는 도정은 불가능할 게 뻔하다.

지금처럼 공간을 열어놓고 경기도청과 굿모닝하우스에서 근무를 하다보면, 수시로 도민들과 만나고 부딪치고 대화를 나눌 수 있다는 점이 개인적으로는 최고의 장점이다. 따라서 자택에서 출퇴근하는 약간의 불편함이 있더라도 도민과 함께하기 위해서는 도지사가 공관 밖으로 나가야 한다고 생각한다. 공관을 도민에게 개방함으로써 얻는 문화적 이익은 플러스알파다. 굿모닝하우스에서 손님을 맞이하여 커피가 필요할 때면, 나 역시 굿모닝카페의 커피를 즐겨 마신다. 이웃과 함께 차와 커피를 마시고, 문화 공연을 즐기고, 숙소가 필요할 때 묵고, 작은 결혼식까지 올릴 수 있는 곳이 도지사 공관이니 얼마나 좋은가? 공관을 개방함으로써 지역공동체가 활성화된 것이다.

2016년 4월 26일 문을 연 굿모닝하우스는 수원 지역의 사랑방 역할을 톡톡히 하고 있다.

이런 맥락에서 나는 청와대도 국민에게 돌려주어야 한다고 생각한다. 대통령이 청와대 안에서 집무와 의식주 모든 것을 해결하면 국민들은 청와대 그 구중궁궐 안에서 무슨 일이 벌어지는지 도대체 알 수가 없다. 그래서 대통령은 더더욱 일반 국민들과 괴리되고, 일반인들이 대통령에 관해 어떤 생각을 가지고 있고, 무엇을 원하는지를 모르게 된다. 2016년 말 광화문 일대의 촛불집회에 참여한 시민들이 최대한 청와대 가까이 가서 함성을 지른 것이 바로 그 괴리의 증거다.

그 으리으리한 청와대를 이제 국민들께 돌려드려야 한다. 대통령은 정부와 함께 종합청사에서 일하고, 청와대보다 작고 소박한 곳에서 경호는 안전하게 해서 생활하면 된다. 최종적으로는 국민투표를 통해 청와대를 세종시로 이전해야 한다는 생각이다. 지역 균등 개발과 '국민과 함께하는 청와대'라는 측면에서 세종시는 청와대가 이전하기에 적합한 곳이다.

청와대를 국민들께 돌려드린다면 청와대는 많은 국민들이 즐길 수 있는 멋진 관광 코스를 갖춘 문화 역사의 현장이 될 것이다. 권력과 암투, 부패의 상징이 되어버린 청와대가 국민들의 문화 공간, 외국인 관광객의 명소가 되는 것이다. 도민들에게 개방되어 지역공동체의 문화 공간으로 훌륭한 기능을 하고 있는 경기도지사 공관처럼 청와대도 국민들에게 개방되어 국민들의 좋은 문화 공간이 되었으면 한다.

## 내가 꿈꾸는 사람 사는 공간, 따복하우스

'따뜻하고 복된 집'을 뜻하는 '따복하우스'는 주거복지 취약계층의 부담을 덜어주기 위해 대중교통이 편리하고 직주근접이 가능한 부지를 활용해 경기도시공사와 민간사업자가 공동으로 시행하는 경기도형 신개념 임대주택이다. 설계부터 시공, 주거 서비스까지 민간 기업이 참여해서 민간 아파트를 지을 때와 똑같이 건축하기 때문에 주택의 품질과 관리 부실 등을 걱정할 필요가 없다.

따복하우스의 임대보증금이나 임대료 수준은 시세의 70% 이하로 공급할 예정이다. 경기도나 경기도 내의 시가 보유하고 있는 공유지에 짓기 때문에 토지 비용을 절감할 수 있어서 가능한 일이다. 따복하우스에 입주할 수 있는 사람들은 주거비 부담으로 어려움을 겪고 있는 대학생, 중소기업 장기 근로자, 사회 초년생, 신혼부부, 고령자 등 주거복지 취약계층이다. 다만 공유지의 규모가 그리 크지 않고 각 지역마다 입지 조건이 다르기 때문에, 따복하우스가 조성되는 지역의 입지 조건에 알맞은 대상자를 우선적으로 입주시킬 것이다.

산업단지 주변에 조성된 따복하우스에는 중소기업 장기 근속자에게 입주 우선권을 주고, 병원 주변에 조성된 따복마을에는 노인이나 장애인 등 병원에 자주 왕래해야 하는 건강 취약계층을 우선 입주시키는 것이다. 예를 들어 화성이나 안산 등 중소기업이 많이 있는 지역에 따복하우스를 만들면 중소기업 장기 근속자에게 우선 입주권을 주는 식이다. 이렇게 함으로써 일자리 미스매치를 해소하고, 지역주민에게는 싸고 좋은 임대주택 단지를 제공하는 원-윈 정책이다.


경기도에서 만든 아파트 중에는 재미있는 것들이 많다. 아침이 있는 삶을 보장해주고, 실질적으로 도움이 되는 주거복지 서비스를 제공하고자 오랫동안 구상해왔던 것들이 경기도에서 조성한 주택단지마다 구현되어 있기 때문이다.

2020년 입주를 목표로 짓고 있는 따뜻하고 복된 'BABY 2+ 따복하우스'의 경우, 이름 그대로 젊은 부부들이 결혼하고 자녀를 낳아서 키우는 데 조금이라도 도움을 주는 데 초점이 맞춰져 있다.

다른 아파트나 주택단지와 달리 지상 1층에는 함께 아이들을 키울 수 있는 시설들, 즉 공동주방과 공동육아 나눔터, 어린이놀이터 등의 입주민 공유 시설이 있다.

그뿐만이 아니다. 자신의 집에서처럼 편안하게 있을 수 있도록 공동거실도 마련되어 있고, 아이들이 집 밖에서 책을 읽고 공부할 수 있도록 도서관도 있다. 공동주방에서 아이들을 위한 밥을 준비할 때 직접 준비한 재료들을 사용할 수 있도록 채소를 가꾸는 공동텃밭도 만들었다. 공동텃밭은 도시에서 자라난 아이들이 씨를 뿌리고 거름을 주고 풀을 뽑으면서 농사를 체험할 수 있는 체험교실과 휴식 공간 기능도 한다.

이 모든 것들은 부모가 함께 있지 않아도 그 자녀들을 누군가 대신 돌봐줄 수 있게 하는 데 중점을 두었다. 그러면 누가 아이들을 돌봐줄 것인가? 다름 아닌 경제 활동을 하지 않는 노인들이다. 이를 위해 인구 구성을 신혼부부와 노인들을 섞어서 젊은 부부가 일하러 나가면 노인들이 어린아이들을 돌볼 수 있도록 구성한 아파트인 것이다.

육아뿐만 아니라 집을 좀 더 넓고 쾌적하게 사용할 수 있게 하려는 시도들도 있다. 예를 들어 따복하우스에는 각 가정에 드레스룸이 없다. 우리나라에는 사계절이 있어서 여름 옷, 봄가을 옷, 겨울 옷이 다 따로 있다. 그래서 철 지난 이 옷들을 보관하는 데 많은 공간을 사용하곤 한다. 집집마다 커다란 옷장이 방방마다 있는 것은 물론이요, 어떤 집은 방 하나를 통째로 드레스룸으로 사용하기도 한다. 방마다 커다란 옷장을 두고 옷을 보관한다. 비싸게 아파트를 사서 방 안에 옷을 넣어두고 재어놓은 셈이다.

방 한쪽 벽면을 통째로 차지하고 있는 장롱과 옷걸이 등 옷을 보관하는 면적을 합하면 적어도 3평 이상은 될 것이다. 아파트 평당 가격이 1,500만 원이라고 가정하면 4,500만 원을 옷을 보관하는 데 쓰는 셈이다. 얼마나 커다란 낭비인가? 그래서 따복하우스에는 따로 옷장이 없다. 그러면 옷은 어디에 보관할까? 아파트 지하에 마련된 계절옷장과 공동세탁실을 이용하면 된다. 그리고 각 가정은 계절별로 그때 입을 옷만 보관하면 된다.

음식이나 식료품도 마찬가지다. 집집마다 커다란 냉장고와 김치냉장고를 두고 온갖 음식과 김치통까지 보관할 필요가 없다. 음식 역시 공용면적에 수납하면 된다. 따라서 각자의 집에는 커다란 냉장고가 필요 없게 된다. 슈퍼마켓 역시 공용 슈퍼마켓으로, 일주일치 장을 봐서 쌓아둘 필요가 없다. 슈퍼마켓에 들러 그날 사용할 싱싱한 재료들만 집으로 가지고 오면 된다.

이렇게 각 가정마다 불필요한 공간들을 없애면, 같은 평수의 집이라 하더라도 실제로 사용할 수 있는 면적은 집 안에 온갖 것들을 수납할 때와는 비교할 수 없을 만큼 넓어진다. 옷장과 냉장고만 해도 5평 이상 절약될 것이다. 앞에서처럼 평당 1,500만 원으로 계산하면 무려 7,500만 원에 해당하는 공간이다. 실감이 나지 않으면 지금 집을 한번 둘러보고 이 짐들이 거의 다 없어진다고 상상해보라. 집이 얼마나 넓어지겠는가?

따복하우스 입주민들에게 주어지는 편리는 눈에 보이는 것들에만 그치지 않는다. 입주보증금과 임대료가 시세 대비 70%에 지나지 않음에도 입주 가구는 기본적으로 표준임대보증금 대출이자의 40%를 지원받는다. 이 가운데 신혼부부가 입주 후 자녀를 1명 출산할 경우에는 임대보증금 이자의 60%, 자녀 2명을 출산할 경우에는 100%를 지원받을 수 있다. 자녀를 둘 낳으면 공짜 이자로 살 수 있는 아파트인 것이다.

경기도와 경기도 내의 시와 군 등 공공기관에서는 예산과 인력, 토지라는 우수한 기본 요소를 가지고 있다. 이러한 요소들을 공공기관이 소유하여 '작은 이득'을 취하려는 것이 아니라 공공을 위해 오픈하고 도민들의 아이디어까지 결합함으로써 '더 큰 이득, 더 큰 파이'를 만들어내고 있다. 임대주택에 대한 좋은 인식과 이미지가 경기도의 따복하우스에서 시작될 것으로 확신한다. 경기도형 행복 임대주택 BABY 2+ 따복하우스의 경우 수원 광교, 안양 관양, 화성 진안 1·2 등 4개 지구 291세대의 입주자를 2016년 말에 모집한 결과 평균 2.6 대 1의 경쟁률을 보였다.

경기도의 살림에는 여러 사람들의 생각에 보태어 나의 생각과 바람도 들어간다. 매일 명상을 하면서 새로운 시대의 변화와 매일매일 변하는 사람들 생각, 요즘 사람들이 원하는 것들을 바라보고 묶어서 문제 해결의 실마리로 삼는 것이다. BABY 2+ 따복하우스의 시스템도 마찬가지다. 저출산 문제를 해결하려면 사람들이 아이를 낳지 않는 이유를 생각해내면 된다. 그 생각을 정책에 담아서 현실화해주면 완벽한 해결책은 아닐지 몰라도 차선책은 나오게 된다. 그냥 아파트를 짓는 것이 아니라 사람들을 어떻게 만족시켜줄까를 생각하고 또 생각하는 것, 이것이 바로 내가 사람들에게 도지사로서 가장 자신 있게 내놓을 수 있는 부분이다.

6

광야로 나와
새 지평을 열다

# 직접민주주의를 가능케 할
# 블록체인 기술

　스페인에 '포데모스(Podemos)'라는 신생 정당이 있다. 2014년 1월에 창당한 포데모스는 2015년 5월 지방선거에서 좌파연합 후보를 마드리드와 바르셀로나 시장에 당선시켰고 총선에서는 의석수 3위를 차지하면서 스페인 정치에 돌풍을 불러일으켰다.

　포데모스는 루미오(Loomio)라는 애플리케이션을 온라인 토론 도구로 활용하고, 아고라 보팅(Agora voting)이라는 온라인 투표 플랫폼을 활용해서 사람들이 직접 선거 후보자를 선출하도록 한다. 이 아고라 보팅은 블록체인(blockchain security technology)을 기반으로 한 투표 시스템이다.

　블록체인은 네트워크상의 공공 거래 장부라고 할 수 있다. 익명으로 누구나 블록체인에 접근 가능하지만 데이터와 거래 내역 등은 암호로 보호된다. 또한 똑같은 거래 장부 사본이 네트워크 전체에 분산되어 있어 쉽게 조작할 수 없으며 일정 시간이 지나면 갱신되어 언제나 최신 상태를 유지한다. 이러한 블록체인의 강력한 보안성과 분산성, 익명성은 거의 모든 정보를 안전하게 기록할 수 있게 해준다. 세계경제포럼은 2025년에는 블록체인 기술이 전 세계 국내총생산의 10%를 차지할 것으로 전망하고 있다.

'정보의 바다'인 인터넷 혁명의 핵심은 정보의 개방과 공유에 있다. 하지만 실상 정보는 모든 사람이 동등하게 가지는 것이 아니라 구글 같은 거대 기업이 독점하고, 정보의 개방은 각종 해킹과 정보 유출이라는 문제를 가져왔다. 그러나 4차 산업혁명 기술 중 하나인 블록체인은 누구나 가지고 있는 개인용 컴퓨터에서 작동하기 때문에 해킹에 노출된 데이터베이스가 없을 뿐만 아니라 네트워크에 항상 존재하기 때문에 '공공성'을 띤다. 가상전자화폐인 '비트코인'이 블록체인의 대표적인 예다.

블록체인이 있다면 온라인 투표도 가능하다. '비밀투표'의 원칙을 지킬 수 있을 뿐더러 해킹의 염려도 없다. 정당에서 블록체인을 도입할 경우 스마트폰 하나로 의사결정을 다 할 수 있다. 공천권도 따로 없다. 정당정치의 문제점은 상당 부분 공천권에서 나온다. 예를 들어 새누리당을 보면 한 번은 친이가 한 번은 친박이 돌아가면서 칼을 휘두른다. 새누리당뿐만 아니라 다른 당도 그렇다. 공천권을 가진 사람들, 힘을 가진 사람들에 의해 휘둘리는 정당은 비정상적인 정당이다.

그러나 포데모스 같은 정당 운영 방식을 택하면 이런 비리가 없어진다. 공천권이 어떤 개인이나 몇몇 소수에게 주어지는 것이 아니라 온라인을 통해서 드러나는 국민들의 의사대로 결정된다. 정당 운영자금도 투명하고 비리가 없다. 어떤 기업에서 돈이 들어오는 것이 아니라 참여하는 국민들이 만든 자금으로 운영된다.

전 세계 기업인들이 앞으로 가장 투자하고 싶은 분야로 로봇과 AI를 뽑았다고 한다. 두 번째가 뭐냐 하면 바로 블록체인이다. 그런데 우리 기업들은 블록체인이 뭔지 모르고 관심도 없다. 정치권도 별로 관심이 없다. 블록체인 기술을 기반으로 한 정당은 비용도 거의 들이지 않고 해킹에 대한 염려 없이 그야말로 순식간에 의사 결정을 하고 대통령 후보까지 뽑을 수 있다.


나는 정치에 입문한 이후 18년간 몸담았던 새누리당에서 2016년 탈당했다. 최순실 국정농단 사태로 문제점이 노출되었고, 국민들은 쇄신을 넘어 당의 해체까지 요구했지만 해체는커녕 작은 변화조차도 이뤄내지 못하는 모습을 보고 결단을 내렸다. 변화가 필요한데 당이 변화하지 않으니 당 밖에서 새로 출발할 수밖에 없었다.

새로운 방향, 새로운 정책을 새로운 정당에 담아내고자 한다. 내가 꿈꾸는 새로운 정당은 스페인의 신생 정당 포데모스와 비슷하다. 4차 산업혁명 기술을 정당에 접목해 순식간에 국민의 의견을 집계하여 반영하고 토론으로 정책을 결정하는 정당을 만들고 싶다. 정당 운영 방식은 물론 블록체인 기반이다.

블록체인은 권력을 직접민주주의 수준으로 모든 사람에게 분산시키는 기술적 솔루션이다. 수백만 명이 동시에 투표를 통해 적합한 인물을 찾아낼 수 있고, 동시에 어떤 정책을 토론하며, 정보를 독점하는 사람도 없다. 블록체인을 기반으로 하면 개인의 프라이버시를 침해하지 않으면서 의사표시를 집결시키는 정당과 정부 시스템을 만들 수 있다.

이 시스템을 도입한 정당이나 국가에서는 모든 사람들이 발생한 문제의 의사결정에 참여한다. 예를 들어 누군가 어떤 정치적 제안을 했을 경우, 순식간에 100만 명이 서명하면 필요한 절차에 들어갈 수 있는 시스템이다. 누구나 제안할 수 있고 모든 사람이 의사표시를 할 수 있기 때문에 정책 결정과 집행 과정에서 권력 분산과 투명성이 확보된다.

정당에서 내부의 정책 결정, 후보 선출부터 블록체인을 도입하면 대의민주주의의 한계를 극복할 수 있다. 2016년 11월부터 이어지고 있는 촛불집회를 생각해보라. 정당 시스템, 선거 시스템, 지역구 시스템, 대통령제 시스템 아래 극소수가 권력을 쥐면서 필연적으로 발생한 비리 때문에 사람들의 분노가 촛불집회로 폭발한 것이다. 테크놀로지의 발전 덕분에 다른 분야에서는 예전보다 사람들의 의사가 직접적으로 반영되고 있는데 정치만 그렇지 못한 것은 심각한 문제다.

갈수록 세습으로 인한 부의 불평등이 심화되고 있다. 정치에서도 일부 조직화된 그룹과 조직화되지 않은 그룹의 부의 불평등이 심해지고 있다. 소수의 조직화된 이익집단에 의해서 발의된 법안들이 거의 통과되는 현실이다.

블록체인은 이런 불평등에서 벗어나 일반 국민들 개개인 혹은 몇 백만 명이 요구하는 법안이 국민들에 의해서 발의되고 통과될 수 있게 만들어준다. 조직화되지 않은 일반 국민들의 의사가 정치에 반영되는 것이다. 블록체인을 정치에 접목하면 실시간으로 별다른 비용을 들이지 않고도 직접·비밀 투표를 통해 '스마트 직접민주주의', '디지털 직접민주주의'가 가능해진다.

경기도는 공유경제 모델을 정치와 도정에 반영하기 위해 공유적 시장경제국을 신설하고, 이를 위해 블록체인을 도입할 예정이다. 블록체인은 원래 가상화폐인 비트코인을 거래할 때 해킹을 막기 위해 개발된 보안 기술의 하나다. 경기도는 '블록체인 도정 접목 TF'를 구성하고 앞으로 신설 예정인 '공유적시장경제국'에 블록체인을 접목하는 것을 집중적으로 검토하고 있다.

'블록체인 도정'의 첫 프로젝트는 바로 '2017 따복공동체 주민제안 공모사업'이다. 경기도는 심사에 블록체인 기술을 도입, 공동체 대표들이 모여 제안사업에 대한 발표와 평가를 진행하던 방식에서 벗어나 공동체 구성원 모두가 제안사업 발표를 지켜보고 평가에 참여할 수 있도록 할 계획이다. 사업 발표 현장을 온라인으로 생중계하고, 발표 내용을 본 주민들이 직접 인터넷 투표에 참여하는 방식이다.

블록체인 기술을 적용하면 도민들 입장에서는 자신들을 위한 더 좋은 정책개발은 물론, 도정에 대한 견제와 감시, 익명을 통한 제안 등을 누구나 할 수 있어 1석 2조의 효과를 거둘 수 있을 것이다. 블록체인이 도정에 적용되면 정책을 입안할 때 온라인상에서 무기명으로 찬반 투표를 실시할 수 있고 정책이 결정되고 예산이 투입되는 모든 과정이 공개돼 각 단계별로 정책이 제대로 이행되는지 여부를 도민들이 직접 견제 및 감시할 수도 있다.

# 서울은 경제수도로,
# 세종시는 정치수도로

책임 있는 리더의 역할은 미래를 내다보고 다가올 위기에 대응하고 준비하는 것이라고 생각한다. 수도권 인구 집중에서 오는 폐해를 막고 대한민국이 균형발전할 수 있도록 해야 한다는 사명감이 내가 수도 이전을 주장하게 된 배경이다.

우리나라는 서울이라는 공간에 정치와 경제가 하나로 얽히고설켜 있다. 지금 추세대로라면 2020년에는 경기도 인구가 1,700만 명, 수도권 인구가 3,000만 명이 된다. 전 국민의 60%가 수도권에 모여 사는 시대가 되면, 인구가 적어서 문제인 지방은 물론 수도권 국민 역시 행복할 수 없다. 수도권 과밀화로 인한 전세 값 폭등과 출퇴근 전쟁, 사교육비 문제, 미세먼지 등 환경오염 문제는 이미 심각할 대로 심각해진 지 오래다. 행정부처가 서울과 세종시로 이원

화되어 있어 행정부처 공무원들이 세종시에서 국회를 오고 가면서 행정력과 사회적 비용, 시간을 낭비하는 문제 또한 심각하다. 그 과정에서 발생하는 행정 누수는 또 어떻게 할 것인가?

'수도 이전'은 한마디로 '기득권 구조를 깨는 것'이다. 기득권의 상징인 청와대, 국회, 대법원, 대검찰청 등을 세종시로 옮겨 대한민국의 미래 비전을 바로 세워야 한다. 수도 이진은 대한민국이 다시 살아날 수 있는 '대한민국 리빌딩'을 위한 어젠다다. 수도권 과밀화를 해결하기 위한 근본 방안은 서울과 수도권은 경제수도로, 세종시는 정치수도로 다원화하는 것이다. 서울은 경제와 문화, 역사 중심, 세종시는 정치, 행정 중심이 되어야 한다. 만일 통일이 된다면 통일 후 평양은 문화와 역사의 수도 역할을 할 수도 있을 것이다.

현재 대한민국은 상체만 고도비만인 환자의 상태와 같다. 팔다리는 부실해 몸을 제대로 지탱할 수 없고, 신경과 혈관마저 굳어져 제대로 작동하지 못하고 있는 형국이다. 권력 집중으로 비대해진 서울 중심의 중앙 권력은 곳곳이 썩어 들어가고 있다. 이번 국정농단 사건은 청와대를 중심으로 비선 실세와 재벌, 검찰 등 중앙 권력들이 만들어낸 참사다.

수도권 중심의 질서에 가장 효과적인 처방은 권력과 부를 분산하는 것이다. '공간의 구조조정'으로 '권력의 구조조정'이 가능하다. 지금은 서울에 모두 집중되어 있는 정치와 경제 권력을 분리해 사회적 모순을 해결해야 한다. 당장 청와대와 재벌, 검찰에 대한 견제

장치를 만들어야 하며, 서울에 몰려 있는 권력과 부를 전국으로 흩어놓아야 한다.

그 출발점이 '정치·행정수도 세종의 완성'이다. 국회와 청와대, 대법원과 대검찰청 등을 세종시로 완전하게 이전하는 것이 건강한 대한민국을 만들기 위한 첫걸음이다. 입법, 사법, 행정이 한곳에서 유기적으로 일하며 효율성을 높이고, 둔해질 대로 둔해진 서울도 군살을 빼야 한다. 현재 세종시의 정부청사에서 일하는 행정부처 공무원들은 국회 관련 업무를 보기 위해 세종시에서 국회를 오고 가는 수고를 감수하고 있다. 같은 세종시에 있으면 10분이면 오갈 거리를 3시간 걸려서 와야 할 뿐만 아니라 한 시간 회의를 위해서 하루를 소비해야 한다.

나는 사실 노무현 정부 시절에는 수도 이전을 반대하는 입장이었다. 그때 한나라당 원내수석부대표로서 수도 이전 원안에 반대했던 것은 사실이지만 이후 수정안에는 찬성했다. 2010년 국회의원 시절에도 국토 균형발전을 위해 청와대와 국회, 대법원을 옮기는 수도 이전을 제안한 바 있다.

그리고 도지사가 되어 도정을 운영하다보니 국민의 삶의 질에 어떤 것이 좋은 것인가를 생각하지 않을 수가 없었다. 그것이 생각을 적극적으로 바꾼 첫 번째 이유다. 두 번째로는 부든 권력이든 집중되면 부패할 수밖에 없는 구체제를 청산하자는 차원에서 생각을 바꿨다.

2017년 1월에 열린 공동 기자회견에서 안희정 충남도지사와 함께 '세종
시를 정치·행정수도로 완성하자'고 결의를 다졌다.

헌법재판소 역시 지난 수도 이전 당시 관습헌법을 이유로 반대한 적이 있다. 이에 관해서는 정공법으로 개헌을 해야 한다고 생각한다. 개헌을 통해 헌법에도 수도 이전에 관한 내용이 들어가야 수도 이전이 실질적인 추진력을 가질 것이다. 개헌을 대선 전에 하자는 분들도 있지만 대선 전에는 사실상 어렵다고 본다. 따라서 대선 이후 대통령이 현재 개헌에 관해 논의가 되고 있는 권력 구조에 관한 부분뿐 아니라 실제로 국민의 삶에 영향을 미치는 수도 이전까지 포함해 개헌을 추진해야 한다.

수도 이전의 당위성에 대해서는 국토 균형발전과 수도권 규제 합리화라는 측면에서 야당 인사들도 공감하고 있다. 수도 이전은 여야, 좌와 우, 보수와 진보를 가리지 않고 대한민국의 고질적인 문제를 해결하고 새로운 대한민국을 이끌어가기 위해 꼭 필요한 논의다.

# 내가 모병제를
# 주장하는 이유

세계 유일의 분단국가인 우리나라는 다른 어느 나라보다 군대를 강하게 유지해야 한다. 그런데 세계 최저 수준의 출산율 때문에 학생 수와 신생아 수가 계속 감소하고 있고, 따라서 2022년이 되면 군대에 갈 청년들의 숫자가 군대에서 필요로 하는 숫자보다 부족하게 된다. 그렇다고 군대에 갈 연령층의 남성 100%를 군대에 보낼 수도 없다. 물론 북한처럼 군 복무 기간을 늘리면 해결되겠지만 현역 군인들의 복무 기간을 늘리는 것은 불가능에 가깝다.

이런 난제를 해결할 방법은 결국 모병제밖에 없어 보인다. 모병제는 오늘날 시대정신인 '안보', '정의', '일자리' 세 가지 문제를 담고 있다. 특히 안보는 국가 생존의 문제다. 우리나라에는 더 이상 크기만 한 군대가 아니라 '작지만 강한 군대'가 필요하다.

현재 우리나라는 징병제를 통해 20세 전후의 남성들을 모두 군대에 동원하고 있다. 하지만 이렇게 동원한 군대가 질적으로 우수한지에 대해서는 의문점이 많다. 자발적 의사로 입대한 직업군인과 징병에 의해 동원된 군인들, 어느 쪽이 실제 전투에서 일당백의 효과를 낼 수 있을 것인지는 물으나 마나일 것이다.

더군다나 현재의 인구 감소 추세로 볼 때 이십 대 청년의 수가 줄어든다면 아무리 징병제라 할지라도 분명히 군대의 규모가 현저히 작아질 것이다. 인구 감소로 인해 어차피 축소될 군대라면, 오히려 모병제를 통해 전문화된 군 인력을 길러내고 군사력을 질적으로 높이는 쪽이 징병제 때의 군대보다 안보에서 더 효과적인 결과를 낼 수 있다.

모병제는 인류의 보편적 가치인 '자유'와 '행복'에 기초한 것이다. 군 입대를 한다는 것은 2년간 전쟁을 준비하는 상태로 살아간다는 뜻이다. 이는 생명과 안전에 위협을 받는 상태로 2년간 자유를 제한받는다는 것과 같은 말이다. 군 입대의 이런 강제적인 측면 때문에 그동안 한국 사회에서는 병역 비리와 병역 관련 부정부패가 많았다. 갖은 이유로 군 입대를 미루고 면제받는 비리가 만연해온 것이 사실이다.

이런 측면에서 모병제는 오히려 징병제보다 더 정의를 실현할 수 있다. 군대를 갈 것인지 안 갈 것인지를 선택할 수 있는 권리를 주기 때문이다. 군대에 가는 것을 선택한 사람에게는 그에 합당한 인센티브를 주면 된다.

군 입대에 관해 자유를 준다면, 자발적으로 군에 입대한 군인들은 군대에서 행복을 추구할 수 있는 여유를 보장받을 것이며, 병역에 관련된 우리 사회의 고질적 병폐도 사라질 것이다. 지금과 같은 군 시스템이 지속된다면 군대 내에서의 폭력과 인권 유린은 더욱 심각해질 게 뻔하다. 하지만 모병제로 전환한다면 군대 내 인권 문제 역시 획기적으로 개선될 수 있다.

일자리 측면에서도 모병제는 큰 도움이 된다. 그동안 우리나라 청년들은 군대를 가면서 일정 기간만큼 학업을 중단하거나 취업 전선에서 물러나는 등의 경력 단절을 겪어왔다. 하지만 모병제를 통해 원하는 사람만 군 입대를 하면 청년들의 원치 않는 경력 단절은 현저히 줄어들 것이다.

대신 일자리를 통해 청년들에게 입대 동기를 부여해줘야 한다. 군 복무를 마친 모든 청년들이 취업이 되도록 국가가 디자인해줘야 한다는 것이다. 고교 졸업 후 군 입대 및 복무를 하면 공무원으로 취업할 수 있는 길을 만들어주거나, 제대 후 대학에 진학하고자 하는 사람들에게 학자금을 마련할 수 있을 정도의 급여를 지급하는 것이 그 방안이다. 군 생활 동안 충분한 급여를 지급한다면 입대하려는 사람이 많지 않을 것이라는 사람들의 우려와 달리 많은 청년들이 입대할 것이다.

예를 들어 군을 제대한 사람들만이 군인, 경찰, 소방공무원과 같은 국가공무원직을 맡을 수 있도록 시스템을 설계한다면 공무원 시험을 보기 위한 사교육 문제도 많이 해소될 것이다. 개별적 교육을 취하고 있는 현재의 국가공무원 시스템을 군대에서 기본 교육을 받고 오는 시스템으로 바꿔서 국가적인 비용을 절감할 수도 있다. 이런 방안은 얼마든지 조정이 가능하다. 예컨대 선출직은 정당에서 군필자가 아니면 공천하지 않는 시스템이 구축된다면 경제적 능력과 상관없이 필요하다면 군대에 갔다 올 수 있는 사회적 분위기가 형성될 수 있다.

상당수 사람들이 모병제를 채택하면 가난한 젊은이들만 입대를 할 테니 모병제는 정의롭지 못하다고 반대한다. 하지만 이러한 주장에는 동의할 수 없다. 현재 우리나라의 징병제하에서도 이른바 흙수저들은 대부분 군대에 가고 군대에 가서도 힘든 보직을 많이 받는 반면, 금수저들은 군 면제되거나 가더라도 편한 보직을 받는 경우가 많다.

이렇듯 누구나 똑같이 군대에 가야 하는 징병제하에서도 부모의 경제적 능력에 따라 입대 여부가 달라지는 부조리한 상황이 연출된다. 징병제는 공정하고 모병제는 불공정하다는 이분법만으로는 볼 수 없다는 것이다. 모병제가 징병제보다 더욱 정의로운 군대를 구현할 수도 있다.

모병제에서는 일단 누구에게나 군대를 가지 않을 수 있는 자유가 존재한다. 아무리 경제적으로 어려운 청년이라도 목숨을 걸고 군대에서 돈을 벌 것인지와 다른 일을 해서 돈을 벌 것인지 사이에서 고민할 자유가 있다. 군대에 가고 싶지 않다면 다른 일을 해서 돈을 버는 것을 선택하면 된다.

모병제가 필요하다는 여론은 증가 추세에 있다. 모병제에 관한 여론조사 결과를 살펴보면 대한민국의 미래를 위해 군대 시스템에서 근원적 해결책을 찾아야 한다는 국민적 공감을 확인할 수 있다. 2014년도 여론조사를 보면 징병제에 찬성하는 사람이 60%, 모병제에 찬성하는 사람이 15.5%, 잘 모르겠다고 답한 사람이 24.5%였다. 그런데 2016년 여론조사에는 징병제에 찬성하는 사람이 61.6%, 모병제에 찬성하는 사람이 27%, 잘 모르겠다고 답한 사람이 11.4%였다.

징병제에 찬성하는 사람의 비율은 비슷한 반면 모병제에 찬성하는 사람의 비율이 2년 사이에 11.5%나 증가한 것을 보면, 모병제에 찬성하는 여론이 점차 확산되고 있다는 해석이 가능하다. 실제로 2016년 9월 12일에 실시된 미디어리서치와 〈머니투데이〉 여론조사에서는 모병제 도입에 대한 찬성 여론이 근소한 차이로 반대 여론보다 더 많은 것으로 나타났다.

이렇듯 모병제를 찬성하는 국민적 여론은 점차 증가하고 있다. 모병제 논의는 단순 찬반 비교의 문제가 아니라 시기의 문제다. 인구 감소 추세와 군대 문제를 곰곰이 생각해본 사람이라면 무턱대고 모병제에 반대할 수는 없을 것이다. 앞으로 인구가 감소하면서 모병제의 필요성을 절감하는 국민들이 더욱 늘어날 것이다. 따라서 앞으로 정치권에서 모병제에 대해 진지하게 논의해봐야 한다. 문제가 생길 때까지 막연하게 기다리기보다는 상황을 직시하고 미리 대비책을 준비하는 모습이 훨씬 더 바람직한 정치인의 모습이다. 모병제를 통해 우리 사회를 지금보다 더 정의로운 사회로 만들 수 있다는 것이 나의 주장이다.

# 교육 버전의
# 김영란법이 필요하다

　　자녀 사교육비 때문에 여윳돈이 없고 가난해진다
는 '에듀 푸어(edu-poor)'라는 자조적인 말이 우리 사회에 등장한 것
은 이미 오래전 일이다. 사교육의 병폐는 실로 심각하다. 오늘날
사교육은 가정과 나라 경제를 피폐하게 하는 주범이다. 2015년 기
준 사교육비 총규모는 17조 8,000억 원이며, 초중고 학생 1인당
명목 사교육비는 월평균 24만 4,000원이다. 이는 단순한 평균 수
치일 뿐 실제 가계를 들여다보면 사교육비 부담은 드러난 수치보
다 훨씬 더 크고 심각하다.

　　문제는 반드시 필요해서 시키는 사교육보다 남들이 모두 하는데
내 자녀만 시키지 않으면 불안해서 하는 사교육이 더 많다는 사실
이다. 남들이 뛰니까 뒤처질까 봐 걱정돼서 나도 하는 수 없이 뛰는

격이다. 그 장단에 춤추며 학교로 학원으로 오가야 하는 학생들 고충은 또 오죽할까. 학원에 가서 앉아 있다 하더라도 열심히 공부하는 학생들이 얼마나 될까? 오죽하면 학원에 공부하러 가는 것이 아니라 학원 선생님들 월급 주고 학원 전기요금 내러 간다고 하겠는가. 아마 사교육에 투자할 돈의 일부만 가족여행에 사용해도 그 가족의 행복지수는 상당히 올라갈 것이다.

이렇듯 사교육은 가정경제나 국가경제적으로 엄청난 기회비용의 손실이며 국민의 행복추구권을 제약한다. 신분 상승의 사다리가 되어야 할 교육이 사교육으로 인해 신분 세습의 도구로 전락해버리는 측면도 있다. 고비용의 사교육을 받은 아이들이 특목고나 자사고 등 고비용을 요구하는 고등학교에 진학하고 좋은 대학에 진학하는 비율이 점점 더 높아지고 있기 때문이다.

지난 수십 년간 공교육을 살려 사교육을 근절하고자 하는 노력이 계속되어왔지만 가시적인 성과는 없었다. 이는 사교육을 폐지해야만 공교육이 살 수 있음을 반증한다. 사교육은 법과 권력의 힘으로도 잡지 못하는 문제인데, 이 문제를 해결할 수 있는 것은 오직 국민의 힘뿐이다. 국민투표를 통해 사교육 폐지에 대한 국민적 합의가 이루어지고, 이에 따라 정부가 사교육 금지 대책을 제대로 만들어내면 사교육 병폐를 막아낼 수 있다.

사교육은 전면 금지해야 한다. 사교육은 마약과 같다고 한다. 과도한 사교육으로 인해 아이들이 스트레스를 받고 우울증으로 인해 자살하는 사건까지 발생하는데도 사교육이 좀처럼 줄어들지 않는 이유는 옆집 아이, 같은 반 다른 아이와 서로 사교육으로 경쟁을 하기 때문이다. 따라서 사교육 문제는 공교육을 살리거나 완화시키는 등의 방안이 아닌 전면 금지하는 방안을 통해서만 해결할 수 있다.

사교육 폐지는 경세 살리기와도 연결된다. 사교육 폐지로 가계 가처분소득이 증가하면 이는 소득주도 성장의 활력소가 될 수 있다. 사교육을 그대로 둔 채 사교육비를 줄이려면 아이를 낳지 않는 방법밖에 없다는 이야기가 나올 정도로 사교육비는 가정경제에서 큰 부분을 차지한다. 한 아이를 길러서 대학까지 보내는 데 2억 원이 넘는 돈이 든다는 통계조사만 봐도 사교육비가 얼마나 가정경제에 큰 부담인지 알 수 있다. 사교육이 금지되면 가정마다 월 25~30만 원의 소득이 늘어나는 것과 마찬가지이고, 이는 가계 소비 증가와 내수 진작으로 이어질 것이다.

사교육 금지가 이루어지기 어려운 요인 중 하나는 관련 업계 종사자들의 반대 때문이다. 사교육이 금지되면 학원, 과외 등 사교육 업계에서 종사하던 사람들은 갑자기 한꺼번에 일자리를 잃게 되기에 사교육 금지를 필사적으로 반대한다. 하지만 관련 업계 종사자들의 일자리 문제는 그들을 공교육으로 편입시킴으로써 해결할 수 있다.

사교육을 폐지하면 당연히 공교육이 더욱 다양하고 탄탄한 교육 프로그램을 제공해야 한다. 그렇게 하기 위해서는 교육 인력 또한 많이 필요하다. 기존에 사교육 업계에서 종사하던 사람들을 공교육 내에서 실시하는 다양한 교육 프로그램에 참여하게 하면 그들에게도 안정적인 일자리를 제공할 수 있을 것이다.

2000년 4월 27일, 헌법재판소에서 '사교육 금지법'에 대해 "자녀 교육권 등 국민의 기본권을 필요 이상으로 과도하게 침해한 것"이라며 재판관 9명 중 6명의 찬성으로 위헌 판결을 내린 바 있다. 그럼에도 사교육이 폐지되어야 공교육도 살고 국민들도 살 수 있다. 따라서 국민적인 동의를 얻어서 사교육 폐지 입법을 추진할 필요가 있다. 예를 들어 국민투표에 붙이는 방안이다.

국민투표는 고도의 정치 행위로서, 중대한 사회문제에 대한 통치 행위로 간주되기 때문에 헌법재판소의 결정만큼이나 큰 영향력을 가진다. 따라서 국민의 행복추구를 가로막고 막대한 국가적 재원을 낭비하며 국민 통합에도 역행하는 사교육 폐지에 대해 국민의 뜻을 물어야 한다고 본다. 국민투표를 통해 사교육 폐지에 대한 국민적 동의가 이루어지면 사교육 폐지를 위한 '교육 버전의 김영란법'을 만들 수 있다. 사교육이 없는 세상은 아마도 부모들의 주머니는 물론 아이들의 얼굴마저 활짝 피게 만들 것이다.

# 이제는 핵무장을
# 논의할 때

　국가 안보는 국민의 생존 문제에서 가장 중요한
이슈 중 하나다. 우리 민족은 역사적으로 동북아시아를 둘러싼 주
변 국가들의 변환기에 국난을 겪어왔다. 명나라에서 청나라로 중국
의 패권이 교체되던 시기에 병자호란을 겪었고, 구한말 청과 일본이
우리나라를 두고 각축을 벌이던 시기에 청일전쟁 이후 일본의 침략
을 받았다. 미국과 소련 간의 냉전 여파로 남북 분단과 6·25 전쟁
이라는 가슴 아픈 역사를 겪기도 했다.

　이런 역사는 오늘날에도 이어지고 있다. 한동안 유지되던 미국
위주의 세계 질서는 중국의 부상으로 재편되었으며, 현재 미국과
중국 간의 갈등이 심화되고 있다. 이 와중에 미국과 동맹 관계에
있는 우리나라는 북핵과 사드 배치 문제로 중국과 미묘한 신경전

을 벌이고 있다. 북한의 핵 도발이 이어지면서 대한민국 안보의 위기감 역시 높아지고 있다. 이런 상황에서 우리나라의 안보를 지키기 위해 우리가 할 수 있는 것부터 해야 하는데, 나는 그 첫 번째가 바로 '전시작전권 반환'이라고 생각한다. 현재 우리나라의 전시작전권은 미군에게 있다. 북핵과 관련해 미국에서 독자적인 선제타격론과 북미협상론이 동시에 제기되고 있는 불확실한 상황에서, 우리나라는 전시작전권이 미군에게 있다는 이유로 북한과의 협상 과정에 주도적으로 참여하지 못하고 있다.

대한민국 국민의 생명과 안전이 우리의 의지와 별개로 움직일 수 있는 현재의 구조부터 바꿔야 한다. 우리 국방에 대한 의사결정권을 먼저 갖춰야만, 북한이 핵 실험을 계속해서 진행하고 미국과 중국이 패권 경쟁을 벌이고 있는 복잡한 안보 상황 속에서 우리나라가 자주적으로 대처할 수 있다.

이와 같은 맥락에서 핵무장 논의도 이루어질 수 있다. 우리나라가 지금까지 핵무장을 생각할 수 없었던 이유는 너무나도 견고한 한미동맹 때문이었다. 실제로 우리나라는 박정희 대통령 시절 핵개발을 시도하다 미국에게 큰 제재를 받은 경험이 있다.

하지만 외교 안보의 조건은 늘 변화하고 불확실성이 존재한다. 견고해 보이는 한미동맹의 틀도 바뀔 수 있으며, 미국 대선에서 트럼프가 당선되면서 이러한 변화가 현실로 다가오고 있다. 미국 국민들 사이에서 대북정책과 한미동맹에 대한 인식의 변화가 엿보이기 시작한 것이다. 미국 국민들이 "왜 우리가 남의 나라를 지키기 위해 희생해야 하나?"라는 현실적인 의문을 가지기 시작했고, 이는 북핵과 계속되는 테러와의 전쟁으로 인해 피로감이 커졌기 때문으로 해석된다.

그리고 방위분담금 한국 전액 부담과 주한미군 철수를 주장하는 트럼프가 실제로 미국 대선에서 당선되는 결과로 이것이 현실임이 증명되기도 했다. 또한 우리 국민들 사이에서도 미국과의 동맹 관계는 유지하되, 사드 배치처럼 자위적 차원에서 만일의 경우에 대비해야 할 필요성에 대한 공감대가 확산되고 있다.

이러한 시점에서 필요한 것이 핵무장이다. 미국이 언제 주한미군을 철수하고 북미 간 직접적 대화를 시도할지 모르는 불확실한 상황에서 언제까지나 한미동맹과 미국의 핵 우산만을 믿고 있을 수만은 없다. 자율성을 가지고 미국과 북한에 대한 외교정책을 펼 수 있어야 하는데 그러려면 필요한 것이 자주국방, 즉 전시작전권 회수와 핵무장이다.

이제는 우리 정부도 핵무장이라는 카드를 테이블 위에 올려놓을 필요가 있다. 물론 지금 당장 핵무장을 하자고 주장하는 것은 아니다. 다만 핵무장을 한다면 어떠한 준비 절차들이 단계적으로 필요한지에 대해 공개적으로 논의해야 한다는 취지에서 하는 말이다.

핵무장은 국제적으로 지양하는 사안이고, 유엔안전보장이사회에서는 핵 개발을 하는 국가들에 대해 엄격한 제재를 가하고 있다. 하지만 누구보다도 우방국들의 핵무장을 반대해왔던 미국이 한국과 일본의 핵무장에 대해 관용적인 태도를 보이고 있는 지금 우리가 핵무장을 한다 해도 유엔안보리에서 우리에게 북한에게 만큼의 큰 제재를 가할지는 알 수 없다. 이런 상황에서 북한의 핵 위협에 대응하기 위해, 우리의 자주적인 국방을 위해 미국과 중국을 비롯한 국제 사회를 설득할 필요가 있다.

국가 안보에 대해서만큼은 보수와 진보의 진영 논리가 개입되어서는 안 된다. 안보 위기를 극복하기 위해서는 국론을 하나로 모으고 국익에 부합하도록 정부와 정치권이 적극적 역할을 수행해야 한다. 지금까지 미국의 눈치를 보느라 논의를 꺼렸던 전시작전권 회수나 핵무장은 트럼프가 당선된 지금이 논의하기에 제격인 주제들이다.

불확실한 안보 상황에 빠르게 대처하려면 정치권이 주도적으로 전시작전권 회수나 핵무장에 관한 심도 깊은 논의를 진행시켜야 한다. 그 무엇보다도 중요한 것은 우리 국민의 생명과 안전이기 때문이다.

## Before 남경필과
## After 남경필

　　지금까지 우리나라 정치는 '승자독식'의 구조였다. 하지만 나는 오래전부터 승자독식을 좋아하지 않았다. 나는 50.43%를 득표하여 김진표 후보와 0.87%P 차이로 경기도지사가 되었다. 정치가 승자독식이라면 당선자를 지지하지 않은 나머지 사람들의 표는 완전히 사장되고 만다.

　　당선자를 지지하지 않았던 사람들의 의사도 정치에 반영하는 것이 당연하다는 게 내 생각이다. 그래서 나는 새누리당 경기도지사 후보로 확정되면서 첫 공약으로 상생과 통합을 위한 경기도의 연정을 내세웠다. 경기도부지사 등 도정의 의사결정 구조에 있는 주요 직책에 능력과 신망을 갖춘 야당인사를 등용하겠다고 약속했고, 각종 정책을 결정하고 발표하는 과정에서 야당과의 소통 및 협의 과정을 거치겠다고 했던 것이다.

나는 당선이 되고 난 이후 최우선 도정 과제로 연정을 설정하고 차근차근 추진해나갔다. 새정치연합 의원들이 다수인 경기도의회가 반대했지만, 사회통합부지사를 야당에게 넘기는 연정을 제안했다. 그리고 여야 정책협의회를 거쳐 나의 공약과 야당의 요구가 담긴 합의문을 발표했다. 이기우 새정치민주연합 전 의원이 사회통합부지사로 취임했고, 나는 그에게 경기도 보건복지국, 여성가족국, 환경국 3개국의 예산편성권과 인사권을 주고 경기복지재단 등 6개 산하 공공기관장 인사권도 넘겼으며 야당의원이 다수인 경기도의회와 예산을 함께 짰다.

우리나라는 진보와 보수 좌우 진영 논리가 너무 강하다. 나는 이런 진영 논리를 깨고 싶다. 진보와 보수, 여당과 야당의 진영 논리에서 오는 갈등 구조가 우리 사회를 힘들게 만들고 있다. 연정은 그런 갈등 구조를 깨트리는 방편 중 하나다.

이런 양당 체제가 미국 같은 곳에서는 잘 돌아가고 있지만 우리나라는 이야기가 다르다. 이편 아니면 저편이라는 대결 구도 프레임을 깨지 않으면 갈등으로 생기는 비용이 너무 많고 우리 국민들이 불행하게 된다. 이러한 것들을 없애려면 진영을 깨면서 모든 것을 뒤집어야 한다.

2016년 최순실 국정농단 사태를 계기로 제일 먼저 탈당을 함으로써 새누리당과 더불어민주당이라는 양당 구조가 깨지는 계기를 만들었다. '이것은 아니다'라고 생각했으면 앞뒤 재지 않고 일단 탈당한 후 새로 시작하는 것, 이것이 바로 내 정치 스타일이다. 하고 싶은 정치를 하는 것이다. 나는 집권이 목표가 아니다. 물론 집권하면 좋겠지만 하든 못 하든 적과의 동침을 하는 게 내 목표다. 경기도의 성공적인 연정처럼 적과의 동침이 너무나 자연스러운 나라가 되었으면 한다.

연정은 내가 경기도지사에 당선되기 전부터 내세운 공약이었다. 또한 내가 아니라 다른 사람이 도지사가 되더라도 그렇게 해줬으면 하는 것이 내 개인적인 바람이었다. 대통령이 되는 일도 마찬가지다. 누가 대통령이 되건, 국민들 앞에서 서로 진영 논리로 싸우는 것이 아니라 연정과 협치를 하겠다고 공약하고, 그 공약을 지키는 것이 내 희망 사항이다.

나는 정치가 바뀌어야 모든 것이 바뀐다고 생각한다. 물갈이해서 바뀌는 것이 아니다. 지금 보면 여야가 물갈이 경쟁, 사람 경쟁으로 가는 것 같은데 이것은 결코 옳은 길이 아니다. 대한민국 국회만큼 물갈이를 자주 하는 곳은 없다. 이렇게 많이 물갈이를 했다면 우리 정치가 성공적이어서 마치 천당 같아야 하는데, 아직도 지옥 비슷한 수준이 아닌가. 해답은 명확하다. 물갈이가 답이 아니라 정치구조가 바뀌어야 한다. 정치인들이 싸우지 않고 제대로 일할 수 있는 구조 개혁이 이루어졌으면 한다.

경기도의 연정은 우리 헌정사에서는 처음으로 하는 것이기 때문

슈뢰더 전 총리가 감탄을 마지않았던 연리지 나무 그림 앞에서.

정치호 작가가 찍어준 이 작품을 소장하고 싶어 문의했더니 슈뢰더 전 총리가 벌써 사갔다는 게 아닌가. 그에게 사진을 선물받고는 정말 행복했다.

에, 하나씩 하나씩 해나가고 있다. 독일은 연정과 협치를 통해 성공적으로 정치하고 있는 대표적인 나라다. 나는 독일의 슈뢰더 전 총리와 개인적인 인연을 맺고 있는데, 슈뢰더 전 총리가 얼마 전 경기도청을 방문해서 집무실 벽에 걸려 있는 연리지 나무 그림을 보면서 뛰어난 상징물이라고 감탄을 했다. 뿌리가 다른 2개의 정당이 만나 서로 양보하면서 하나가 되어 큰 그늘을 만들면, 그 나무 아래 깃들어 사는 국민들이 편안해진다.

슈뢰더 전 총리는 연정을 통해서 하르츠 개혁을 했다. 독일이 지금처럼 탄탄한 복지와 성장이라는 두 마리 토끼를 동시에 잡을 수 있었던 데에는 슈뢰더 총리의 용기 있는 결단과 정책 추진, 연정, 그 취지를 이어가는 메르켈 총리의 협치와 연정이 있다.

이렇게 연정을 할 경우 연정하고 있는 양측에서는 꼭 양보만 하는 것이 아니다. 원래 정치란 국민들을 행복하게 해주는 데 목표가 있기 때문에, 사실 진보와 보수라는 딱지를 떼고 보면 정책의 70~80%가 같다. 20~30%가 달라서 갈등을 하는 것이다. 그렇다면 결론은 뻔하다. 사로 다른 부분은 떼어내고 일치하는 70%의 정책을 밀고 나가면 된다.

경기도에서 연정과 협치를 실현해본 결과, 단점보다는 장점이 더 많았다. 이러한 형태의 연정이 우리나라에 좀 더 널리 퍼졌으면 하는 바람이다. 국민들은 정치권에게 서로 싸우지 말고 국민과 나라를 위해서 잘해달라고 하는데, 나는 개인적으로 그러려면 연정이 꼭 필요하고 도움이 된다고 생각한다. 도지사나 대통령이 되면 당연히 경쟁자와 손잡고 권력을 나눠주고, 상대방이 되면 상대방과 협조해서 서로 연정하는 것, 이것이 Before 남경필과 After 남경필의 차이였으면 좋겠다.

# 새누리당 탈당,
# 가시밭길로 나오다

2016년 11월 22일, 나는 1998년 첫 국회의원에 당선됐을 때부터 몸담았던 새누리당과 과감하게 결별했다. 안락한 집을 뛰쳐나와 광야로 발을 내디딘 셈이었다. 탈당을 고민하기 시작한 것은 11월 8일부터다. 최순실 국정농단 사태가 벌어지면서 나도 미처 알지 못했던 박근혜 대통령과 새누리당의 민낯이 드러났고, 그것은 도저히 '잘못했다'는 사과로 끝날 일이 아니었다. 많은 고민을 하던 중에 11월 9일 저녁에 정병국 의원에게 전화를 했다. 새누리당 해체 여부와 새누리당의 해체 이후 재창당이 화두였다. 새누리당의 헤게모니를 쥐고 있는 친박이 당 해체를 거부하고 당의 해체를 논의하려거든 나가라, 즉 절이 싫으면 중이 나가라는 분위기였다.

나는 20년간 새누리당의 변화를 위해 노력해왔다. 그렇게 20년 동안 있던 사람을 나가라고 하는 분위기에 분노하고 절망하던 차에 내가 먼저 새누리당을 재창당하는 데 앞서야겠다 싶어서 정병국 의원에게 전화를 한 것이다. 정병국 의원이 마침 금요일에 제주도에서 행사가 있다고 해서 목요일 저녁에 하루 먼저 가서 원희룡 제주지사와 이야기를 하사고 했다.

　목요일 저녁에 셋이 만나서 고민을 털어놓았다. 나는 새누리당이 국민들에게 신임을 받기 위해서는 가진 것을 다 내어놓고 새로 태어나는 수밖에 없다고 보았다. 이렇게 모든 것을 내놓고 재창당을 하려면 모든 구성원들의 동의가 필요하다. 비상대책위원장을 뽑아서 청산 절차를 밟는 것을 현재 지도부가 해야 하는데 지도부는 전혀 그럴 생각이 없었다. 이런 상황이면 우리가 당에서 나가야 하는 게 아닌가 했더니 두 사람 모두 새누리당이 다시 태어나야 한다는데 공감했다. 그러나 정병국 의원은 탈당에 긍정적인 반응을 보였고 원희룡 지사는 좀 더 생각해보자는 입장이었다.

　여전히 결론을 내리지 못한 채로 금요일 아침에 비행기를 타고 돌아왔다. 그리고 금요일 저녁, 작고하신 아버지와 연세도 비슷하고 키와 외모, 성격과 보수적인 성향까지 비슷해서 언제나 아버지처럼 생각하는 김장환 목사님과 상의를 했다. 나는 목사님께 당을 떠날지 고민하고 있다고 털어놓았다. 펄쩍 뛰실 줄 알았는데 의외로 크게 반대를 하지 않으시고 하나님께 기도하면서 잘 결정하라고 하셨다.

토요일에는 원래부터 예정되어 있던 독일 출장길에 올라야 했다. 그런데 촛불집회에 참석해야겠다는 생각이 들어 다른 사람들은 모두 독일로 출발하고 나만 비행기를 하루 늦췄다. 촛불집회에 참석하자 마음의 갈등이 더 심해졌다. 가족과도 상의해야지 싶어서 촛불집회를 마치고 집에서 어머니와 저녁을 먹으면서 내 결심을 털어놓았다. 어머니는 깜짝 놀라시면서 왜 그러냐고 하셨다.

"어머니, 제가 아버지 돌아가시고 아버지 덕분에 서른셋에 국회의원이 되었잖아요. 그런데 지금 20년 정치하면서 어머니도 잘 못 모시고 동생들이랑 마음대로 어울리지 못하고 있어요. 동생들이 사업을 하니까 도지사 되고 나서는 더욱더 못 만나고 있구요. 정치하면서 애들 엄마하고도 헤어졌고…… 한번 생각해보세요. 아버지 덕분에 5선 하고 도지사도 했는데, 이제 남은 건 제가 해보고 싶은 정치를 하고 싶어요. 대한민국 정치에 뭔가 크게 남기고 도전해보고 싶습니다. 안 되면 어머니 모시고 행복하게 살면 되잖아요." 그러자 어머니께서 순순히 "그러지 뭐"라고 대답하셨다.

같이 일하는 사람들과 탈당과 정치적 입지에 관해서 이미 대화를 나누었고, 가장 중요한 가족들, 아버지처럼 생각하는 목사님과도 이야기를 했으니 '이 정도면 마음을 먹어야겠다'라는 생각을 가지고 독일로 출발했다.

이래저래 일정을 마친 후 슈뢰더 전 독일 총리의 초대를 받아 오찬 자리에 갔다. 슈뢰더 전 총리는 그동안 수차례 만나서 대화를 나눈 정치 스승 같은 분인데, 이분이 와인 맛이 좋은 집에서 점심을 사준다고 해서 간 것이다.

그런데 슈뢰더 전 총리가 가브리엘 독일 부총리 겸 경제에너지부 장관도 오찬 자리에 초대한 게 아닌가. 독일은 현재 좌우연정을 하고 있다. 메르켈 총리는 우파인데 좌파 당수인 가브리엘이 부총리다. 가브리엘 부총리가 오자 슈뢰더는 그의 어깨를 두드리면서 "이분이 어제 대단한 일을 했다. 메르켈과 담판을 지었는데 좌파인 슈타인마이어 외무부 장관을 차기 대통령으로 뽑기로 합의했다"고 했다. 우파 총리와 좌파 부총리가 대통령까지 합의할 정도로 권력을 나누고 분산하니 국정이 흔들릴 게 뭐 있고 그 안에서 이념 싸움할 게 뭐 있겠는가. 대단하다 싶었다. 가브리엘 부총리와 차기 대통령으로 꼽히는 슈타인마이어는 모두 슈뢰더 전 총리의 문하생이다.

나는 슈뢰더에게 예전부터 궁금했던 것을 물었다.

"총리님은 독일을 위해 어젠다 2010 같은 개혁을 했는데도 선거에 떨어지고 정계를 은퇴하셨습니다. 국민들이 원망스럽지는 않습니까?"

"나도 인간인데 섭섭하지요. 그런데 시간이 지나니까 국민들이 슈뢰더 덕분에 우리 독일이 유럽 전체가 흔들려도 튼튼하다고 점점 더 칭찬을 해요."

"한 번 더 도전 안 하십니까?"

"나는 이걸로 족해요. 독일 국민들로부터 그리고 독일 역사 속에서, 슈뢰더는 국가를 위해 자기 이익과 정당의 이익까지 포기한 사람이라고 평가받는다면 그걸로 행복해요."

슈뢰더의 말은 나의 심금을 울렸다. '저게 진짜 정치가의 모습이구나, 나도 그렇게 하자.' 탈당하기로 마음을 굳힌 순간이었다.

한국으로 다시 돌아온 것은 11월 17일 목요일 밤이었다. 그날 저녁에 오자마자 정진석 원내대표를 비롯한 새누리당 잠룡들과 밥을 먹으면서 다시 한 번 당의 해체를 이야기했지만 쇠귀에 경 읽기였다. 당을 해체하자던 사람들이 리모델링할 생각을 해서 그건 아니다 싶어 광야에 나가 집을 짓자 하면서 사람들을 만났다. 그 누구에게도 함께 탈당하자고는 하지 않았고 다만 '나는 이렇게 하려고 한다'고만 말했다.

다음 날 김용태 의원이 내 사무실로 와서 만났다. 김용태 의원은 월요일에 탈당할 예정이라고 했다. 혼자서라도 탈당할 생각이었지만 탈당을 고민하는 사람들이 몇 명 있었기 때문에 함께할 사람들이 있을 것으로 예상했다. 그런데 막상 탈당을 하려니 김용태 의원 외에는 '나도 지금 하겠다'고 나서는 사람이 없었다. 김용태 의원과 함께 탈당 선언을 하기로 했는데, 도지사인 나로서는 우리 경기도 의회의 새누리당 출신들과 상의를 해야 해서 하루 미루기로 했다.

그리고 마침내 11월 22일 화요일, 김용태 의원과 함께 새누리당 탈당을 선언했다. 김용태 의원은 "오늘부로 새누리당을 탈당한다. 무릇 장수된 자의 의리는 충을 좇아야 하고 충은 백성을 향해야 한다"고 강조했다. 나는 "헌법을 파괴한 대통령은 자격이 없다. 새로운 시대를 열고 국가다운 국가를 만들어 자랑스러운 대한민국의 미래를 건설하겠다. 미래를 걱정하는 국민과 함께하며 시대와 가치 그리고 국가 시스템의 교체를 이뤄내겠다"라며 탈당을 공식화했다.

금방이라도 새누리당을 나올 것 같았던 사람들 중에 나와 김용태 의원만 탈당 선언을 했지만 걱정되거나 후회되지는 않았다. 지난 정치 인생 동안 내내 함께했던 새누리당은 이미 뇌사 상태라는 판단이었다. 새누리당은 아직도 살아 있는 줄 알지만 내가 보기에는 죽은 것이었다. 특히 탄핵 문제가 그랬다. 국민들은 탄핵을 원하고 있고 대통령이 물러나고 혼란을 수습해야 하는데 친박은 말할 것도 없고 여야의 유력 대선주자 모두가 자신의 이해관계를 계산하고 있었다.

그러니 국민들은 정치권이 모두 똑같다고 생각하고 있었다. 국민들이 보면 조금 옳은 이야기를 하든 조금 다른 주장을 하든 이해관계 때문에 아무것도 못 하는 기존 정치인들이 다 똑같아 보일 것이었다.

"벼랑 끝에서 한 발 더 나아가면 새로운 출발"이라던 김무성 의원의 말씀이 맞았다. 탈당을 하고 나자 내게는 새로운 세계가 펼쳐졌다. 기존에 없던 새로운 정당, 새로운 정치를 시작할 수 있게 된 것이다. 솔직히 새누리당 안에 머물 때는 '대통령 후보가 되려면 뭘 해야 하나'라는 생각이 있었다. 탈당을 하고 나서 여기저기서 많은 말을 들었지만 마음이 홀가분했다. 물론 앞으로 헤쳐나가야 하는 길이 결코 쉽지 않을 것이다. 하지만 잔잔한 바다는 노련한 뱃사공을 만들지 않는다고 했던가. 파도와 부딪치면서도 방향을 제대로 잡아나갈 수 있는 뱃사공만이 험난한 풍랑이 이는 바다에서 대한민국 호를 안전하게 이끌고 나아갈 수 있을 것이다.

11월 26일 오후, 나는 촛불집회에 가기 위해 동생과 함께 집 앞에서 광역버스를 탔다. 촛불집회에 참석하겠다고 했더니 주변에서 말리는 사람들이 꽤 있었다. 하지만 경기도지사가 아니라 남경필이라는 한 개인의 자격으로 참석하는 것이었기에 작은 배낭을 하나 메고 지체 없이 출발했다. 광화문에서 내려 촛불을 든 채 시민들 사이에서 함께 걸었다. 막상 광화문에 내리니 쭈뼛거리는 마음이 없지 않았다. 나에게 붙은 여러 꼬리표가 촛불집회 참가자들에게 결코 환영받지 못할 것들이었기에 욕먹을 것도 각오했다.

그날 광화문에는 엄청난 인파가 몰려들었고, 많은 사람들이 나를 알아봐주었다. 그리고 나에게 "용기 내주어서 고맙습니다"는 인사를 했다. 함께 사진을 찍자고 손을 내밀어주는 시민들도 수백 명이나 되었다. 진심은 통한다는 평범한 진리를 그날 또 한번 깨닫고

촛불집회에 참가한 내게 많은 분들이 '용기 내주어서 고맙습니다'라
고 말해주었다.

가슴이 뭉클해졌다.

 탈당하면서 마음가짐을 '나는 앞으로 무엇이 될 것인가'에서 '국익을 위해서 무엇을 할 것인가'로 바꾸니 신세계가 펼쳐졌다. 도지사나 국회의원을 한 번 더 하는 것보다 혹은 대통령이 되는 것보다 더 중요한 일이 있음을 깨달았다. '이 혼란의 시기에 새로운 질서를 시작한 사람, 국가와 정치 발전을 위해 무엇인가를 한 사람으로 남자'고 마음먹으니 새 지평이 열렸다. 그러면서 제4의 길이 눈에 들어왔다. 제4의 길이란 자유의 바탕 위에 공유의 가치를 뿌리내린, 제4차 산업혁명 시대에 최적화된 새로운 정치·경제 패러다임이다.
 기존의 정치·경제 질서는 수명을 다했다. 이는 우리나라뿐만 아니라 전 세계적인 현상이다. 빈부 격차가 심화되면서 심각한 사회 불평등이 생겼고, 이것이 정치에 영향을 주면서 트럼프 미국 대통령 당선이나 필리핀 두테르테 대통령의 '범죄와의 전쟁' 선포, 영국의 브렉시트 등 이례적으로 평가되는 현상이 전 세계에서 연달아 벌어지고 있다.
 이런 상황에서 우리 대한민국호는 어디로 가야 할까? 정치학적으로 보면 제1의 길은 국가주의, 복지국가 모델로, 핀란드나 노르웨이 같은 작은 나라는 가능하다. 제2의 길은 시장국가로 시장만능, 신자유주의가 대두되었으나 극단적인 양극화와 사회 갈등에 직면했다. 그래서 좌우를 넘는 중도의 길인 제3의 길이 1970년대에 등장한 것인데 이 역시 30~40년이 지나자 한계에 봉착했다.

나는 수년 전부터 국가와 시장을 뛰어넘는 제4의 길이 필요하다고 생각해왔다. 자유와 공유라는 두 가치를 접목시키고 연정의 형태로 권력 균형을 잡으면서 공유적 시장경제라는 새로운 길로 가야 한다고 확신했다. 경기도에서는 이미 제4의 길을 시도하고 있다. 그리고 다행스럽게도 이런 시도들은 성공적이라는 평가와 함께 가시적인 성과도 내고 있다.

탈당 후 나는 경기도에서 했던 것들을 정부 차원으로 확대할 수 있도록 뜻을 같이하는 사람들을 찾고자 노력했다. 내가 하고 싶은 정치적 시도들을 설파했고, 점차 뜻을 함께하는 사람들도 늘어나고 있다. 미래를 위해 법륜 스님, 김제동 씨, 유시민 전 장관, 손정의 소프트뱅크 회장 같은 생각이 열려 있는 바른 분들과도 손잡고 일할 기회가 있었으면 좋겠다는 생각이다.

그리고 내가 원하는 정치·경제 시스템과 바른 정치를 할 수 있는 정당을 만들고자 노력했다. 그러나 새누리당에서 탈당하는 것밖에 길이 없다는 생각을 하는 의원들이 늘어나면서 30여 명의 의원들이 나와서 개혁보수신당을 만들었다.

2017년 1월 8일, 공모전을 거쳐서 당명을 '바른정당'으로 확정하고 새로운 시작을 했다. '바른정당'은 영어로 표기하면 'Right Choice'이다. 사실 나는 조금 더 진취적이고 미래지향적인, 이를테면 '미래를 위한 전진' 같은 당명을 원했는데 여러 가지 다른 생각을 하나로 모으니 '바른정당'이라는 이름이 지어졌다. 나 역시 바른정당에 합류했으며, 바른정당 내에서 내가 원하는 정치를 하기 위해 노력하고 있다.

## 내가 정치하는 이유,
## 내가 하고 싶은 정치

어떤 조직에서든 리더의 역할은 매우 중요하다. 리더의 대표 격인 선장에게 "선장의 역할이 무엇입니까?" 하고 물어본 적이 있다. 항해 기술이 뛰어나야 하는지, 배를 빨리 달리게 하는 것이 중요한지, 또는 바람의 방향을 잘 알아야 하는 건지를 묻는 질문에 대한 대답은 뜻밖이었다. "항해 기술을 아는 것도 중요하지만, 선장의 가장 큰 역할은 깜깜한 밤에 나침반을 보고 지금 배가 어느 위치에 있는지를 정확하게 아는 것입니다."

선장이 배의 위치를 정확히 알아야 '내가 지금 잘못된 방향으로 가고 있구나, 도착 예정 시간보다 늦게 가고 있구나, 배의 앞쪽에서 거대한 태풍이 몰려오고 있구나' 하는 모든 것들을 파악할 수 있다는 것이다. 지금 타고 있는 배의 위치가 어디인지 정확히 알아야 방향이 틀렸으면 배를 돌리고, 늦었으면 기관사에게 빨리 달리라고 하고, 저 앞에 태풍이 몰려오고 있으면 선원들과 승객들을 깨워서 구명조끼를 입히고 태풍에 대비할 수 있다.

정치인 역시 선장과 다르지 않다. 대통령이라면 대한민국의 현실이 어떤지를 정확히 알아야 하고, 경기도지사라면 경기도의 현실을 정확히 파악해야 하며, 서울시장이라면 서울시의 현실을 직시해야 한다. 지금 대한민국은 출산율과 잠재성장률은 낮고 청년실업률은 높다. 두 집 건너 한 집에 실업자가 있고, 빈부 격차는 갈수록 커져서 양극화 문제가 심각하다. 게다가 전 세계적인 정세를 보면 트럼프, 김정은, 시진핑, 아베 등 한반도를 둘러싼 각국 정부의 수장 중에 만만한 사람이 아무도 없다.

우리 민족은 주변 정세에 따라 고난을 많이 겪었고, 중국 대륙의 패권자에게 협력하면서 조공을 바쳐왔다. 중국과 일본, 미국, 러시아 등 주변국의 권력 교체기마다 우리는 병자호란, 임진왜란, 경술국치, 한국전쟁 등을 겪었다. 우리가 어떤 사건을 일으킨 것이 아니라 우리나라를 둘러싸고 있는 권력이 변화할 때 우리나라에도 변화가 생겼던 것이다.

일본이 강성했을 때는 침략과 국권 상실까지 당했으며, 최근 100년은 어떻게 하면 미국하고 손을 잡을 것이냐가 문제였고, 지금은 미국과 중국 중 어느 쪽의 손을 잡을 것이냐가 핵심이다. 무려 약 1,000년이나 중국, 일본, 미국 중 어디와 손을 잡아서 생존

할 것이냐를 늘 고민했다. 지금은 미국과 중국이 새로운 권력의 변환기에 들어가 있고, 북한은 핵으로 위협을 하고 있다. 우리 내부의 문제와 국제 환경의 변화는 우리의 생존을 위협하고 있다. 하지만 이제 우리도 이런 상황에서 벗어날 시기가 되었다. 주변국에 휘둘릴 게 아니라 우리 스스로 모든 것을 해결하는 진정한 의미의 독립국가가 되어야 한다. 특히 식량, 에너지, 국방 분야에서 자주적인 국가로 거듭나야 한다.

이제는 대한민국을 리빌딩할 때다. 기축통화인 달러, 그중에서도 100달러짜리 지폐를 생각해보자. 이 지폐의 가치는 현재 환율로 11만 원에서 12만 원 사이에 있다. 이것을 미국 달러라고 생각하지 말고 하나의 상품이라고 생각해보자. 100달러짜리 상품의 원가가 얼마인지 아는가? 고작 10센트에 지나지 않는다. 미국은 10센트짜리를 100달러에 파는 것이다. 무려 1,000배가 남는 장사다.

그렇다고 달러를 광고하는 것을 보았는가? 절대 하지 않는다. 그럼에도 전 세계의 모든 기업들, 개인들, 나라들이 모두 달러를 많이 가지려고 최선을 다한다. 우리나라의 IMF 외환위기 역시 달러가 없어서 부도가 난 것이다. 이 놀라운 상품을 미국 정부는 자신들 마음대로 찍어낸다. 미국이 계속적으로 어마어마한 규모의 재정 적자와 무역수지 적자에 시달리면서도 전 세계 최강국인 이유가 여기에 있다. 만일 우리나라가 미국처럼 1조 달러의 재정 적자, 무역

정치의 세대교체를 이루고 혁신으로 일자리 대통령이 되고자 대권에 도전장을 내밀었다.

수지 적자를 냈다면 우리나라는 벌써 망했을 것이다. 미국의 힘은 바로 달러가 모든 화폐의 기준, 전 세계의 '글로벌 스탠더드(global standard)'라는 데서 나온다.

우리는 대한민국의 역사에 대해서 자랑스럽게 생각해야 한다. 다른 나라의 원조를 받던 나라가 다른 나라를 돕고 있고, 대한민국의 상품이 선 세계에 수출되고 있으며, 한류가 세계적으로 인기를 끌고 있다. 하지만 우리가 진짜 선진국일까? 그렇지는 않다. 진짜 선진국은 상품을 만들지 않는다. 글로벌 스탠더드를 만드는 나라가 진짜 선진국이다.

우리 모두가 들고 다니는 손 안의 컴퓨터 스마트폰을 예로 들어보자. 스마트폰이라는 글로벌 스탠더드를 만들어낸 사람은 애플의 스티브 잡스다. 애플은 스마트폰을 미국에서 만들지 않는다. 모두 중국에서 만든다. 그들은 다만 스마트폰이라는 새로운 비즈니스 모델을 창출해낸 것뿐이다. 새로운 룰과 기준, 플랫폼을 만들어낸 것이고, 플랫폼에 누군가가 새로운 기술을 개발해서 들어오면, 플랫폼 안에서 마음대로 노는 대신 자신들에게 일정 비율의 입장료를 내게 한다. 이것으로 막대한 로열티를 받아내는 것이다.

우리는 상품이 아니라 글로벌 스탠더드를 만들어야 한다. 내가 정치를 하면서 하고 싶은 것이 바로 그것이다. 내게 "당신은 무엇 때문에 이렇게 강연을 하고 사람들을 만나고 정치를 하는가? 대통령 하고 싶어서 그러는 것 아닌가?"라고 질문하는 사람들이 있다.

하지만 나는 대통령을 하는 것이 정치 목표가 아니다. 나의 목표는 내가 정치하는 동안 10개의 글로벌 스탠더드를 만들고 그것을 가지고 '코리아 리빌딩'을 하는 것이다.

새로운 글로벌 스탠더드를 만들어서 우리의 문제를 해결하고, 일자리를 만드는 것이 바로 앞으로 정치가 해야 할 일이다. 나의 정치 지향점은 '개개인의 행복을 만들어드리는 것'이다. 개인이 행복해야 국가도 강해진다. 한 사람 한 사람이 행복한 나라가 되면 나라의 힘도 강해진다. 자유와 공유라는 가치를 통해서 진보와 중도, 보수를 다 끌어안고 함께 힘을 합해서 미래의 문제를 예측하고 해결하는 것이 정치가 해야 하는 일이다. 지금은 경기도지사로서 도민 개개인의 행복을 이루어주는 것이 가장 큰 목표다.

내가 추구하는 정치인의 모습은 과일트럭을 몰고 다니는 과일 장수 같은 정치인이 아니라 청소부 같은 정치인이다. 동네에 과일을 팔러 오는 과일트럭은 시끄럽다. "과일 사세요. 맛있고 값싼 수박이 왔어요." 마이크를 잡고 온동네 사람들 낮잠을 깨우면서 과일 선전을 한다. 이처럼 시끄럽게 정치를 하는 사람들이 너무 많다. 시끄럽게 편을 가르고, 여론을 통해 문제를 해결한다.

반면에 청소부는 조용히 자신이 해야 할 일을 해결한다. 비가 오나 눈이 오나 가리지 않고 여기저기 문제 있는 것을 쓸고 닦는다. 시민들이 나와보면 거리가 깨끗해서 누가 했는지 모를 정도다. 그러나 생각해보면 '아, 그분이 했구나' 하는 것을 알 수 있는 정치인,

나는 그런 청소부 같은 정치인이 되고 싶다. 특히 대통령은 평상시엔 있는지 없는지 모르겠다가도 해결해야 할 일이 있으면 즉각 나타나 문제를 해결하는 것이 진짜 유능한 대통령이다.

최순실 국정농단 사태에서 깨달은 점이 있다. 과거의 성공에 매달리는 사회는 결국 특권과 독점, 억압과 유착이 지배하는 '죽은 사회'가 되어 미래가 없다는 것이다. 대한민국이 진정한 독립국가가 되어 더 이상 'Boy'가 아닌 진정한 'Man'으로 거듭나려면 세대교체가 필요하다. 낡은 지도자에게는 세상을 바꿀 미래 비전이 없으며 사람이 바뀌어야 우리나라도 바뀐다. '뉴 리더십'으로 무장한 새로운 세대가 대한민국을 이끌어야 한다. 권력을 독점하는 것이 아니라 권력을 공유하고 협력하는 새 정치, 즉 협치와 연정을 할 필요가 있다.

혁신과 도전의 기업가정신이 사라진 재벌 중심 경제에서 탈피해, 창의적인 기업과 개인들이 시장에서 자유롭게 꿈을 실현할 수 있도록 국가가 플랫폼이라는 기회의 공유지를 제공해야만 한다. 또한 리스크를 줄여주는 공유적 시장경제가 구축돼야 4차 산업혁명 시대를 선도할 수 있다. 이렇게 대한민국을 리빌딩함으로써 국가적 역량을 모아 새로운 혁신형 일자리, 공동체 일자리를 만들어내야 한다. 일자리는 우리가 직접 만드는 게 아니라 대한민국 리빌딩을 통해서 나오는 것이고, 일자리가 많이 만들어져야 국민들이 행복을 추구할 수 있다.